迷迭香记忆馆

时光如水，默默流转千年。故事，或神秘或离奇，湮没在银色长河里。河的两岸，迷迷花开，迷醉的香气指引迷失的人去往轮回之地……

迷迭香记忆馆

七日晴 著

北方联合出版传媒(集团)股份有限公司
万卷出版公司
2016年·沈阳

Rosemary Memory Pavilion

ⓒ 七日晴 2017

图书在版编目（ＣＩＰ）数据

迷迭香记忆馆/ 七日晴著. -- 沈阳 ：万卷出版公
司，2017.3
ISBN 978-7-5470-4402-5

Ⅰ．①迷… Ⅱ．①七… Ⅲ．①长篇小说－中国－当代
Ⅳ．①I247.5

中国版本图书馆CIP数据核字（2017）第004515号

出版发行：北方联合出版传媒（集团）股份有限公司
　　　　　万卷出版公司
　　　　　（地址：沈阳市和平区十一纬路 25 号 邮编：110003）
印 刷 者：长沙鸿发印务实业有限公司
经 销 者：全国新华书店
幅面尺寸：158 mm × 229 mm
字　　数：169 千字
印　　张：14
出版时间：2017 年 3 月第 1 版
印刷时间：2017 年 3 月第 1 次印刷
责任编辑：杨春光
文字编辑：袁 卫 李 佳
封面设计：杨思慧
版式设计：杨思慧
内文插画：索·比昂卡创作组（飞翔舞 三颗猫饼干）
责任校对：曾乐文
ISBN：978-7-5470-4402-5
定　　价：26.80 元

联系电话：024-23284090
邮购热线：024-23284050
传　　真：024-23284448
E — mail：vpc_tougao@163.com
网　　址：http://www.chinavpc.com

目 录

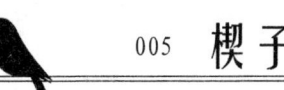

目录

序

Rosemary Memory Pavilion

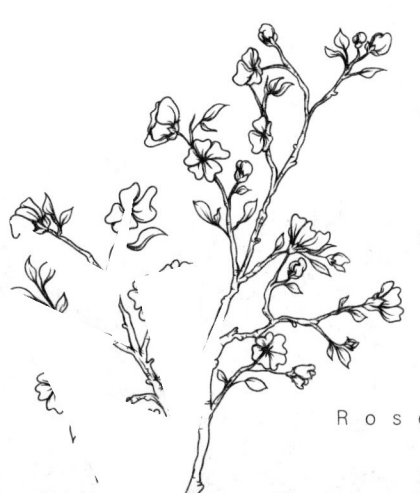

传说，世间有一家迷迭香记忆馆，馆内有一面名为"溯流"的时光之镜。凡是踏进馆中的人，都能从这里买到任何想要的记忆，也能剥离任何不想要的记忆。

只是——

不管做出哪一种选择，都必须付出相应的代价。

也许是健康，也是剩余生命的十分之一，也许是一个人全部的财富。

一旦做出选择，无论结局如何，没有再反悔的机会。

那么，迷迭香记忆馆在哪里呢？

世人遍寻千百次而不获，其实它一直在我们身边。只有当人真正需要它的时候，它才会悄无声息地出现。

你的生命里是否有未曾圆满的遗憾？是否有过追悔莫及的往事？

你想改变那段过往和那些遗憾吗？

只要你的心愿足够强烈，迷迭香记忆馆就会出现在你的面前。

溯流镜将会指引你通往回忆，让你重新回到那段充满遗憾和悔恨的往事里，给你机会做出另一种选择，从而改变现在的一切。

……

时光如水，默默流转千年，种种或神秘或离奇的故事逐渐湮没在无穷无尽的轮回里。

关于迷迭香记忆馆的传说真实与否，人们早已无从知晓。

而——

浮生有尽，唯情不止。

楔子

"听说你们这里，可以买到自己的记忆？"

半人高的柜台前，一个年轻女子惴惴不安地望着店员。

外面是浓重的夜色，整条街的商店都打烊了，只有这家店还亮着灯。迷迭花香的味道从店内飘了出来，似乎在引诱迷失的人走入此处。

店门处散发着柔和的橘黄色光芒，光芒无穷无尽，仿佛能把世间万物都温柔包裹。小小的店门伫立在光芒之中，像是一条漂泊在河流上的小船。

只要有人走进店中，马上就会被它极具小资情调的装修风格吸引。墙上挂着艺术风格浓郁的印象派油画，每幅画的意境都显得格外朦胧而神秘，很容易让人沉醉其中。

墙角处站着两个炯炯有神的核桃兵，会客的地方摆着几张实木沙发。灯光昏黄，沙发扶手处的迷迭香雕花显露出一种梦幻的美。

不知何处传来缓慢的蓝调音乐，轻盈而优雅，像汩汩流过心灵的溪流，带人进入记忆的花田。

店内店外是截然不同的风景，一时让人分不出现实和虚幻。但每个走进店里的人都有一种强烈的认知，他们知道这里能实现自己的心愿。

这是一家出售和寄卖回忆的神秘之所，无论是想寻回还是放弃某段记忆，迷迭香记忆馆都能一一实现。

——只要你愿意付出相应的代价。

壹

时光里的秘密

（一）失忆

1.

"你好！欢迎来到迷迭香记忆馆！"

店员正弯着腰猫在柜台里，不知在翻找什么东西。听到有客人的脚步声，她立即直起了身体，用最快的速度在脸上堆出一个露出八颗牙的微笑，殷勤地解释："因为时间而遗忘的或是因为意外而失去的记忆，都可以在我们这里买回来哦！"

虽然她藏得很快，但女子还是看到了她手里的巧克力。

这个店员看起来只有十七八岁，长相非常甜美可爱，个子也高挑，隔了一个柜台，也能看出她的个头丝毫不输外面这位年轻的女子。

先前店员以为今天不会有客人来了，正在翻找事先准备的零食打发时间，没想到突然有人上门了。

迷迭香是回忆的指引，内心有需求的人自然会看见这家店。来者即是客，只要有人上门，就说明这个人需要记忆馆的帮助。

果然，听了店员的回答，客人迟疑了一会儿，最后像是鼓足了勇气似的，对店员说："我……我要结婚了。"

没有即将成为新娘的欣喜，相反，客人的语气充满了不确定，甚至还有一丝惊慌和恐惧。

"啊……"店员似乎没想到她会以这种方式开场，呆了一会儿才反应过来，立即送上了真诚的祝福，"恭喜您！"

"谢谢……"女子清丽的脸上浮现出一个苍白的微笑，笑容转瞬即逝，然后她低下了头，眉头紧皱，声音低沉，"三年前，我出过一次车祸，失去了一部分记忆。婚礼定在明天，可我心里非常不愿意……其实，他是个很好的人，对我也很照顾，可我总觉得……他和我在一起，没有表面上看起来这么简单。我怕贸然结婚会给自己留下遗憾，所以……"

女子没有说完，双手紧紧地握在了一起。

"哦，是这样……"店员应了一句，趁客人不注意，赶紧找了个角落把零食放下。做完这一切，她重新满面笑容地看向客人，正要进行下一步交涉，却突然被一个声音打断了。

"找回了遗忘的过去，可能会影响您现在的生活。在做决定之前，请您一定要想明白。"

一个温润的声音在店内响起。

丁零一阵轻响，一扇古朴的雕花铜门从里面被打开了，一个身形高挑的男人走了出来。

迎面便是一双惹眼的桃花眼，天生便比别人多一分风流。可是这双眼睛的主人却不爱笑，给人一种近乎冷漠的距离感。他穿着一件黑色对襟长袖上衣，袖口有暗纹，依稀是龙的图样。客人从自己的角度仔细去看，却发现那条龙似乎只有四爪。

"馆主，您终于起床了啊！"店员笑着跟那人打招呼。

来人正是迷迭香记忆馆的馆主——周稷。他并不理会店员的打趣，而是径

自来到了客人的面前。周稷看着把深深的不安写在脸上的女子，极为耐心地解释："而且，迷迭香记忆馆从来不做亏本生意，您想拿回自己的记忆，是需要付出代价的。即便如此，您还是愿意跟我们交易吗？"

女子看着他，注意力不由自主地被他的眼睛吸引了。周稷的眼睛很幽深，里面像是藏着一条河流。他的表情非常认真，给了女子一丝可以信赖的感觉。

被遗忘的记忆可能是最让人痛苦的一段过去，一旦被记起，她的生活也许会因此发生翻天覆地的变化。但如果就这样忘记了，她的人生就会永远留下一段空白。

失去了过去的记忆，那样的人生是不完整的。

"对不起……"女子闭上眼睛，在心里默念未来丈夫的名字，"我不想变成一个记忆不全的人，如果那段回忆会彻底毁掉我们的婚姻，那也是我的选择……"

再次睁开眼睛，先前那种不安的神色从她脸上消失了，女子的目光透着一股显而易见的执着。

"无论付出什么样的代价，我都愿意。"她坚定地说，"我要买回我失去的那段记忆。"

"迷迭香记忆馆的交易一旦达成，客人是无法反悔的。"周稷说，"请您记得，拿回想要的记忆后，必须留下您答应支付的报酬。"

说着，他朝客人做了个"请"的手势。

悠扬的旋律里，他的声音似乎也变成了一个个音符，显得轻盈起来，充满无限诱惑力。

他诱惑着那些因痛苦或迷茫而来到迷迭香记忆馆的客人，引领他们走向内

心深处的一段段回忆，重新推开那扇尘封的大门······

2.

时间回到三周前。

还没下班，王佳琦就接到一条消息，交往了一年多的男朋友陈暮约她吃饭，地点选在一家很高档的餐厅，一如陈暮往常的作风。

王佳琦没多想，一下班就奔赴了约定地点，和陈暮寒暄了几句就开始吃饭。不知怎么的，她突然感觉周围有很多人朝自己的方向看过来，便疑惑地抬起了头，这才发现陈暮离开了原先的位子，捧着一束火红的玫瑰走到了自己身边。

陈暮从口袋里掏出了一个精致的盒子，郑重其事地单膝跪下，目光灼灼地看着王佳琦，表情真挚而诚恳："佳琦，你愿意嫁给我吗？"

王佳琦呆住了。

面前的这个男人眼神专注，态度谦卑，一心想给她最好的一切，似乎真的将她当成了世间最珍贵的宝贝。

陈暮爱她吗？

他年轻有为，帅气多金，却偏偏对各方面看上去都不算出挑的王佳琦一见钟情。他们是通过相亲认识的，见过一面之后，陈暮就毫不掩饰地表达了自己的心动。

王佳琦能感觉到陈暮对自己的喜欢，她本该觉得幸运且满足的，可是······今天的一切还是来得太突然了。

"陈暮······"王佳琦呆呆地看着他，一下子不知道要做何反应。

她心里慌慌的。大概是由于三年前的那次车祸，她的内心变得格外敏感。

这突如其来的求婚，让她觉得有些不真实。

陈暮见她愣住，展颜一笑，像是在安慰惊诧而不安的她。他轻声说："佳琦，我是真心爱你的，跟我结婚好不好？相信我，我一定会让你成为世界上最幸福的女人。"

是吗？王佳琦看着他轮廓分明的脸，有些心动。

这时候，餐厅里其他客人骚动起来。不知是谁带头说了句："快点儿答应他！"

很快，周围的人纷纷开始附和。

"这么好的男人，你还犹豫什么？快说我愿意！"

"在一起！在一起！在一起！"

"哇！好浪漫！我好羡慕他们……"

王佳琦还在犹豫，耳边却被一阵又一阵整齐的"在一起"轰炸了！她有些不好意思地看了看周围的人，每个人脸上的表情似乎都在说"你应该嫁给他"。她很少在公众场合受到这么多人的关注，一时有些晕晕乎乎的。

"佳琦，别看其他人了，你看着我。"陈暮笑着说，"想和你结婚的人是我，你看着我的眼睛来做决定好不好？"

他虽然在笑，但嘴唇有明显的颤抖，这说明他心里是很紧张的。

夜幕降临，这家旋转餐厅位于高楼的顶端，一眼望去，万家灯火尽收眼底。王佳琦低头看陈暮，星星点点的火光映在他眼中，像是装进了一条银河。他还在等，满怀期待地等，虽然紧张，却没有开口催促，这让王佳琦感觉很贴心。

"我愿意。"她羞涩地回答。

陈暮一愣。等待的时间太过漫长，这一刻真正到来的时候，没有反应过来

的反而是他。

不过，围观群众的掌声给了他最直接的刺激。他们兴奋地拍着手，好像求婚成功的人是自己一样，先前那个说羡慕的女生都快晕倒在同伴怀里了。

"恭喜恭喜！"

"祝你们幸福！"

"为什么要在大庭广众下秀恩爱？心好痛……不过还是祝你们能白头到老！"

"早生贵子！"

……

陈暮在七嘴八舌的祝福声和经久不息的掌声中站起身来，用颤抖的手打开盒子，拿出一枚光彩四射的钻石戒指给王佳琦戴上。明亮的灯光下，钻石在王佳琦的无名指上散发着璀璨的光彩，足有三克拉。

"谢谢。"陈暮将她拥入怀中。

王佳琦靠在他的怀里，感觉被他抱得很紧，甚至还能听到他胸膛里那颗心正以不正常的节奏疯狂跳动。

她突然平静下来，想到自己马上就要进入人生的下一个阶段了，她会和这个男人结婚生子，安安稳稳地过完这一生。

耳边的嘈杂渐渐远去了，她的心有些失落，因为她想到了遥远而不可知的未来，以及模糊而不可追的过去。

车祸后失去的那一段空白人生，悄悄地占据了她的心。

想到自己要带着一段缺失的人生嫁给陈暮，她心里有些难过。不完整的人生总是让人无法释怀，谁也不知道，那段空白的记忆到底在她的生命中扮演了什么样的角色……

"佳琦?"见她不说话,陈暮紧张地叫出她的名字。

王佳琦从他怀里抬起头来,冲他笑了笑。

要结婚了,但不想留下遗憾,不管是为了解开自己的心结,还是为了对陈暮负责,王佳琦心里都产生了一个难以抑制的冲动。

要不要想办法找回那段过去呢……

她不想变成一个生命存在缺憾的人,更不想带着这种缺憾步入婚姻。

如果有办法,还是希望能把过去全部想起来啊……

晚饭结束后,陈暮带着王佳琦去江边兜风看夜景,然后将她送回了住处。王佳琦在小区门口下了车,没让陈暮送她进屋。

"我自己散步回去吧。"王佳琦说。

"好。"陈暮一手拥住她,在她额头上落下一个轻轻的吻,"等下给你打电话。"

"嗯。"王佳琦低着头回应,抱着花束进去了。

夜深了,在小区里溜达、夜跑的人纷纷回屋了,外面安静下来。王佳琦沿着绿树掩映的小道往家的方向慢慢走去。她脱了高跟鞋,一手拎着鞋子,一手抱着玫瑰,晃悠悠地走过昏黄的路灯,留下一个孤独的背影。

从小到大,王佳琦都是一个很普通的女生,家庭是小康水平,容貌中等偏上,也许不错的身材能算是她的一个优点。她像许许多多平凡的女生一样上学、工作、恋爱……三年前的那次车祸,是她人生中最大的意外。

在那次车祸里,她差点儿死掉。

即便是现在,她身边的亲人们都没有从那次打击的阴影里走出来,一直对车祸的事情讳莫如深。他们怕影响王佳琦的情绪,一直对这个话题避而不谈。

也正是因为这个原因，王佳琦不仅遭受了失忆的痛苦，还要反过来安慰诚惶诚恐的亲人们。

她永远记得在医院里睁开眼睛的那一刻，母亲几乎哭成了一个泪人，要不是父亲陪着，恐怕母亲就要当场昏厥了。

那时候，王佳琦刚从手术中醒过来，脸上还戴着氧气罩，一时间分不清是现实还是虚幻。过了好久，她才认出眼前那个哭得稀里哗啦的中年女人是自己的母亲。

"妈……"她发出的声音极为沙哑，几乎让人听不见。

母亲一下子扑到她面前，心碎地说："女儿，没事了！别说话，你好好休息！你会好起来的，一定会好起来的！"

说着，她的眼泪又忍不住簌簌落下。

王佳琦试图去擦她脸上的眼泪，却发现身体沉得厉害，连动动手指都要费好大的劲。缓了一会儿，脑袋上传来了钻心的疼痛，让她无力到连话都说不出来。

"妈，我……怎么了？"王佳琦的嘴唇动了动，一脸茫然地想，我生病了吗？为什么妈妈哭得这么伤心？

母亲露出了震惊的表情，她立刻回头去看身后的父亲。父亲一脸沉重地摇了摇头，然后走了上来。

父亲握住了王佳琦露在被子外面的手，慢慢地说："你的车在路上出了事，现在没事了。你不要多想，赶紧把身体养好。"

父母的关心让她稍稍安心，不多时便睡了过去。

再次醒来的时候，王佳琦看到了更多亲人，这些陌生又熟悉的脸，她花了好长时间才认出来。

　　一位已婚的表姐跟王佳琦从小就熟识，看见她现在的样子，心里不免生出几分痛苦。她本想问问车祸的细节，却被王母拦住了。

　　"既然她想不起来了，就让她把这段痛苦的记忆彻底忘记吧。"王母痛心地说。

　　表姐有些吃惊，但也理解地点了点头。

　　一开始，王佳琦以为自己只是忘记了出车祸前后的事，等她快出院的时候，她发现自己竟然一直想不起最近两三年的事情。

　　她刚从大学毕业两年，这段时间对一个社会新人来说是尤为重要的，可是她完全想不起来了。

　　不记得自己是怎么毕业的，不记得第一次实习的情况，不记得是怎么找到第一份工作的……

　　她很惶恐，但母亲是这样安慰她的："这段时间发生的事，其实每个人都差不多，无非就是碰了点儿钉子、吃了点儿苦，没什么大不了的，不要放在心上。上天既然拿掉了你的这段记忆，一定是希望你把全部精力放在以后的生活上。要好好地面对将来，不然我和你爸会担心的。"

　　母亲的话不无道理，王佳琦虽然无法彻底释怀，但多少看开了点儿。

　　时间一晃就过了三年。

　　王佳琦在家里休养了一段时间，还接受了家里为她安排的心理咨询。等车祸创伤完全恢复了，她便决定出去找一份工作，重新进入社会。差不多就是在那段时间，王佳琦遇到了陈暮。

　　开始上班后，她每天朝九晚五，自然没什么机会接触陈暮这样的人。家里不忍心看她一个人生活，便给她安排了一次相亲。

王佳琦就像来自海里的美人鱼，经历了一次惨痛的身体创伤后，一上岸就遇到了王子。她和陈暮的第一次见面非常顺利，双方的感觉都很好，当晚，她便接到了陈暮的电话。

身边人纷纷为她感到高兴，尤其是母亲，终于把一颗始终悬着的心放了下来。

王佳琦毕竟经历过一次惨烈的车祸，虽然亲朋好友平时不怎么提起这件事，但心里都不免担心她会陷在那次事件的阴影里。现在多了一个陈暮照顾她，对方还是条件那么好的优质男人，大家都由衷地为他们送上了祝福。

每次回想起这几年来的经历，王佳琦都觉得自己是一个十分幸运的人，尤其在陈暮的事情上。

陈暮是很多女人憧憬的男人，完全符合童话里白马王子的形象，而王佳琦只是一个普普通通的女子，却被他喜欢上了。

或许真如母亲所说，上天拿掉了她的一部分记忆，是想让她以后过得更好。

如果那段记忆真的平平无奇就好了……

可是那种不安的感觉始终萦绕在王佳琦的心头，没有人能坦然地面对过去出现了空白的人生，她也不能。为了照顾母亲和身边人的心情，她一直装作早就放下了的样子，但每逢到了夜深人静的时候，她总是会忍不住想她为什么会突然开车去一个陌生的地方？她那时候刚拿了驾照没多久，为什么会把车开得那么快？她到底在逃离什么？她是不是做了什么违法犯纪的事情，正在想办法仓皇逃命？还是刚出社会的她不小心破坏了别人的家庭，结果东窗事发，她没脸再见家人便选择了走向极端……

越想越离谱。

无论是上面的哪一种可能，对她那个平凡的家庭来说，都是一种致命的打击。虽然母亲一直说她的人生没出现过什么意外，但是……

她还是放不下。

何况，现在她要结婚了。

她总觉得，那段空白的记忆可能是一个炸弹，不知埋在了哪里，一旦被触动，就会用最可怕的方式把她现在的平静生活全部摧毁。

不想怀着像潜伏期的病毒一样惶恐地结婚，王佳琦一边朝家里走去，一边想，我只是想让自己活得更明白一点儿。

3.

回到家，一推开门就发现母亲在等着了。两年前，王佳琦的父亲患病去世，母亲几乎把女儿的终身大事当成了人生的首要任务。

看到王佳琦进门，母亲的目光落在了她胸前那捧怒放的玫瑰上面，脸色不禁又亮了几分。

她迎了上来，喜气洋洋地说："陈暮都跟我说了。你们啊……终于让我等到这一天了！"

"妈！"王佳琦不好意思地一笑，顺手把花给了母亲，自己站在玄关处换鞋。

等她进屋，母亲拉着她在沙发上坐下，又对着她左手的无名指看了好久，拍着胸脯说："这下我可放心了！陈暮是个好男人，他一定会照顾好你的。"

王佳琦抽回手，正了正脸色，对母亲说："妈，你再把我以前的事跟我说说呗，尤其是我想不起来的那几年……"

"哎哟，你怎么又来了？"母亲责怪道，"不是说了你那几年普普通通的嘛，有什么好说的？你跟陈暮都订婚了，接下来就该筹备婚礼了，别再胡思乱想了！"

"妈！我不想这样稀里糊涂地嫁过去……"王佳琦心有不甘。

"这怎么能叫稀里糊涂呢？"母亲一脸惊讶，随后语重心长地说，"你跟陈暮在一起这么久了，难道不清楚他的为人吗？你就坦白说，他对你好不好？我跟你说，女人要找到一个对自己这么好的男人可不容易，你要是对他完全没感觉，怎么会答应他的求婚呢？"

王佳琦被问得一愣。

母亲趁机说道："你就是太敏感了，又突然遇到那样的事，经常喜欢胡思乱想。小琦，妈妈是不会骗你的，那几年真的没发生什么需要特别记起的事，家里也好好的，你不要一直惦记着了。现在最重要的是你和陈暮的婚事，妈妈看得出来他是真心爱你的，你就安心嫁给他吧！"

听了母亲的话，王佳琦咬了咬嘴唇。她当然知道母亲是为了自己好，可是身边的人众口一词，全都对那件事讳莫如深，这种微妙的态度让王佳琦有点儿不舒服。

他们这种好像在隐瞒什么事情的样子，真的只是为了不引起她的创伤反应吗？

跟母亲倾诉无果，正好陈暮的电话打来了，王佳琦便早早进了房间。

第二天是周末，几乎所有的亲友都知道了陈暮和王佳琦订婚的消息。接连不断的电话打了过来，还有亲自跑来送上祝福的，弄得王佳琦有些受宠若惊。

趁母亲出去泡茶，王佳琦拉了拉表姐的袖子，悄悄地问："表姐，你跟我说实话，我失忆的那几年……真的没发生什么特别的事吗？"

表姐一愣，随即反应过来，脸上堆满了笑容，娇嗔地说："小琦，你怎么了，不是说好不提过去的事了吗？那段时间当然没发生什么特别的事情啊，最特别的就是你在医院住了几个月。我说，你是不是有婚前恐惧症，所以开始胡思乱想了？哎，你不要慌，陈暮会对你好的……"

表姐开始噼里啪啦细数未来表妹夫的优点，成功地把王佳琦的话堵了回去。

每个人都说陈暮好，表现得比王佳琦更了解陈暮的为人。越是这样，身为当事人的王佳琦就越是疑惑。她觉得，对婚姻感到迫不及待的人，不是她自己，而是身边的其他人。

他们的反应有点儿奇怪。

王佳琦看着表姐兴奋而急切的表情，不知怎么的就想起了还在医院的时候。

那天，她发现自己的记忆出现了缺失，心里非常惶恐。她抓着自己的头发，拼命地回想过去，从记事起到住院的这一段时间，竟然有一段时间是完全空白的。

她有什么事情想不起来了！

直觉告诉她，这是非常可怕的事，她忍不住尖叫起来。

母亲急忙喊来了医生，医生冷静地告诉王佳琦，这种情况叫选择性失忆症，因为海马体在车祸中受到了一些损伤，出现这种病症是很常见的。

"那我什么时候才能恢复记忆？"她惊慌地问。

"积极配合治疗的话，病人将来也许能在医院和家人的帮助下想起那段时间的事，当然也可能会永远失去这一部分记忆。"医生回答。

医生的话让她感到不安，她下意识地去看母亲和其他亲人。奇怪的是，母亲和表姐等人的反应先是紧张得不行，听了医生的话又像是松了一口气。

"那就好。"表姐甚至拍了拍母亲的背，似乎在安慰她，"没事了，都过去了，小琦以后不会有事了。"

失忆虽然不影响身体健康，但对失忆的人来说，同样是一件非常痛苦的事情。她们当时的反应却像是在庆幸王佳琦失忆一样，怎么看都有点儿奇怪。

而王佳琦就像是突然被所有经历过那段时间的人排除出了圈子，没有人愿意把过去的细节告诉她，这让她很不安。

送走表姐以后，王佳琦翻找起了以前的相册。她从出生时的照片开始看起，一张张看过去，看着那个名叫王佳琦的女生走过一段又一段人生轨迹。她一边看着从前的照片，一边回想那时候周围发生的事，虽然有些过于久远的事情记不清了，但大抵还是有个模糊的印象。

一直看到了大学时期，王佳琦开始觉得有些吃力。

她继续往后翻，却发现相册里似乎少了几张照片，刚才还是新生入学时期的合照，莫名就跳到了她现在的状态。

为什么那段时间不拍照了？王佳琦很疑惑，恰好手机响了，她随手接通，听到对面是陈暮。

"佳琦，我们定个时间去拍婚纱照吧。"那头的陈暮听起来很高兴，明显对即将到来的新生活充满了期待。

"好啊！"王佳琦随口应了一句，眼睛却还是盯着相册里的自己。

"你什么时候有时间？我先陪你去试婚纱。"

"嗯……"王佳琦想了一下，"我还不确定，要不我过两天再告诉你吧！"

"好。那拍照的地点呢？"陈暮耐心地问，"夏天还没有过去，我们可以去海上拍外景，海面或海里都可以。对了，你喜欢在水下拍吗？"

王佳琦刚想找个理由结束这个电话，闻言只好说："我要想一想……时间的话，不如你跟我妈商量一下？随便选个好日子就可以了。"

那头的陈暮微微一顿，随即回答："好。"

"我还有事忙，先挂了。"王佳琦说完就挂断了电话，注意力又回到了手里的相册上。

一个习惯用拍照的方式来记录生活轨迹的女生，为什么突然有一段时间不拍照片了呢？王佳琦前前后后翻了几遍，确定相册里缺少的就是自己大学毕业前后那段时间的照片。

"怎么回事？"王佳琦嘀咕，心里的不安越来越强烈。

又是那段时间……她发现，只要是跟她遗忘的那几年有关的事，就会变得有点儿蹊跷。

"小琦，你真的让我帮你决定吗？"一个温和的声音从门外传来，母亲进来了，"刚才陈暮让我帮你们选拍婚纱照的日子，你们年轻人的事我不懂……哎呀，你又在看什么呢？"

王佳琦把相册递给母亲，指着上面的空白处问："妈，这里是不是少了几张照片？"

母亲一愣："哪里少啦？"

"这里啊……"王佳琦指着相册说，"前面这几张是我刚进大学时和室友的合影，还有军训时的照片，后面就变成了我在公司加班的自拍照了，这中间少了好几年吧？"

母亲皱着眉头看着相册，看上去像在思索，目光却有些闪烁。

"你那会儿不是忙着考证嘛，还打算考研来着，整天忙得跟陀螺似的，照片就拍得少了。后来，你毕业后直接签了一家公司，又忙得不可开交，过了好久才稳定下来，这才开始拍照片。"母亲摩挲着相册回答。

"是这样吗？"王佳琦还是觉得奇怪，"可我高三那一年也拍了很多照片呢！高三是很忙的，甚至比考研的时候更紧张！"

"哎呀，都说了你是因为没时间才没拍的，你怎么这么爱钻牛角尖呢！"母亲说着，一把拉开抽屉，把相册丢了进去，嘴里不轻不重地责怪着，"以前的东西有什么好看的？人家陈暮这么忙还抽出时间来跟你定日子，你倒好，一大早起来什么事都不干，老是抱着以前的东西不撒手。这些东西能给你幸福？多大的人了，这么不懂事……"

王佳琦听着母亲的唠叨，眼神暗淡下来。她的确过于敏感了，但她的心定不下来，根本没心思去想和陈暮的婚事。

她甚至有点儿后悔，后悔在陈暮求婚的那天答应得太快了。她对自己的人生还有疑惑，怎么能全心全意地去对待另一个人呢？

不过，这种念头她也只能在心里想想，不敢让母亲知道，不然母亲那颗好不容易放下来的心又要悬起来了。

母亲见她不说话，以为是刚才的责骂让女儿不开心了，便在旁边坐下来，拉过她的手，苦口婆心地说："小琦，我知道你对失忆的事情很介怀，但妈妈告诉你，对于一个女人来说，过去是怎样的并不重要，重要的是现在还有未来。妈妈很看好陈暮，你嫁给他一定会幸福的。在妈妈眼里，陈暮就是你的现在和未来，你要好好抓住这个人，不要再被其他的事情分心了，好吗？"

王佳琦看着母亲满是鱼尾纹的双眼，从那双眼睛里，她看到了母亲的担忧和关爱，还有依旧茫然的自己。但她不想再跟疲惫的母亲纠缠了，于是点点

头："好，我会去跟陈暮说的。"她听到了自己妥协的声音。

　　一个偌大的房间里，窗帘全部放下来了，将外面的阳光全部遮掩。一个人坐在真皮沙发上，懒懒地跷着腿，正盯着手里的一张照片出神。

　　他的手边有一部手机，屏幕还没有完全暗下去。他刚刚跟王佳琦的母亲通完电话，对方说会帮忙劝一劝王佳琦，让她对这桩婚事上点心。

　　他是陈暮，王佳琦的未婚夫。

　　他手里捏着一张照片，背景是一所风景优美的大学，镜头前的两个人亲密地靠在一起。其中的女生头发刚刚过肩，眼神明亮，笑容恬静温婉。她身边的男生同样年轻，整个人就像一道耀眼的阳光，全身上下充满了活力。

　　他们背对背站着，男生正欲转身，像是要去偷亲身边的人。

　　女生的五官虽然稍显青涩，但不难看出这正是几年前的王佳琦，那时候她正上大学，骨子里透着一股青春独有的快乐和自信。

　　男生相貌英俊，眼睛里似乎满满的都装着王佳琦一个人，然而，他不是陈暮。

　　陈暮在被定格的时光之外看着他们，像隔着一段遥远的往事。他轻轻地抚摸着照片，指腹来回摩挲王佳琦温柔的笑脸，突然，他不知想到了什么，唇边露出了一丝满足的微笑。

（二）离歌

4.

一周后，王佳琦正在家里接听陈暮的电话，表姐一脸坏笑地敲开了她的房门。

"没打扰你们聊天吧？"表姐问。

"没有啦！"王佳琦不好意思地说，"他这周忙，刚刚只是打电话问我吃早饭没。"

"现在就这么甜蜜，以后结婚了该怎么办哦？"表姐揶揄了两句，"对了，趁你们现在还没结婚，表姐我来给你做做婚前指导。"

"啊？"王佳琦没反应过来。

"啊什么啊？你们都订婚了，结婚是迟早的事，现在做好准备，到时就不会手忙脚乱了。"表姐说，"走吧！咱们去逛街，边玩边聊。"

听到只是去逛街，王佳琦放松下来，拿了包包就跟着表姐出了门。

两人在商场逛了两圈，表姐以一个过来人的身份跟王佳琦分享了很多结婚时应该注意的事项，一不小心就说了快一个小时。

"好累，我口水都说干了，休息一下吧！"表姐指着前面的一家咖啡馆说。

"好，我们进去坐坐吧！"

进了咖啡馆，表姐连饮品都来不及点，就急匆匆地跑去洗手间了。王佳琦把两人买的一堆东西放在椅子上，拿了菜单仔细看。

"借过一下……啊！天啊！"一个女声在王佳琦耳边响起，与此同时，有什么东西"啪"的一声掉在了地上，正好掉在王佳琦脚边。

这家咖啡馆位于人来人往的商场顶层，装修精致但面积不大，桌台之间的距离很小。服务员和客人站在一起的时候，过道就显得尤为狭小。正好有个女生提着大包小包从王佳琦身边经过，被椅子一碰，东西就掉了下去。

王佳琦见购物袋正好掉在自己脚边，便弯下腰去捡起来，随手递给经过的女生。

"谢谢！"女生用手指勾住购物袋，对王佳琦露出一个笑容，随即又换成了一个惊讶的表情，"咦，学姐？"

"什么？"王佳琦也很惊讶。

"你是我学姐吧？"女生瞪大了眼睛喊道，"你是不是叫王佳琦？"

王佳琦一怔，下意识地点点头，说："对，我是王佳琦。"

"我就说嘛！"女生兴奋起来，"学姐长得漂亮，学习成绩又好，在我们学校可是风云人物呢！这么有名的人，我一定不会认错的！"

"请问你是……"王佳琦迟疑地开口。

眼前的女生留着一头干净利落的短发，脸上化了精致的妆，一点儿都看不出学生的感觉。王佳琦在脑海里搜寻了一会儿，没有搜寻到任何能跟这张脸对上的信息。

"学姐可能不记得我了，我和你学的是同一个专业，但比你低一届。"女生笑着说。

"原来如此。"王佳琦恍然大悟，然后指了指对面的空位，"快坐，你拿

了这么多东西还站着说话，会很累的。"

女生显然对遇到学姐这件事很高兴，一点儿都不推辞地坐下了。她的目光落在王佳琦伸出来的手上，脸上突然露出了惊喜的笑容。

"哇！学姐，恭喜你！"

"为什么突然这样说？"

"你和沈黎终于在一起了！"女生指着王佳琦手上的钻戒说，"你们俩经历了那么多波折，现在终于修成正果了，我当然要恭喜你们啊！"

看着女生灿烂的笑容，王佳琦心里却"咯噔"一声，连耳边的嘈杂都消失了。

"你说……谁？"

"沈黎啊！"女生说，"他不是你大学时候的男朋友吗？你们现在应该还在一起吧？不然这个戒指是哪里来的？"

王佳琦的表情僵硬了。坐在温暖的咖啡厅里，她却浑身冰凉如坠冰窖，耳边不断回响着一个名字。

沈黎……

一个她从来没有听说过的名字。

无论是母亲还是身边的其他人，从来没有人告诉过王佳琦，她在大学时候有一个男朋友。

"学姐，你怎么了？"对面的女生见她发愣，伸手在她面前晃了晃，"想什么这么出神呢？"

王佳琦回过神来，有些恍惚地问："你……你是怎么知道这些事的？"

"因为学姐是个名人啊！名人的花边新闻传得可广了。"女生笑嘻嘻地说，"再说了，当时沈黎追你追得那么紧，好多人都知道你们的故事呢！"

"你……你对我们很了解吗？"王佳琦紧咬着嘴唇，声音颤抖地问。

"其实不熟啦！"女生不好意思地说，"我那时候只是喜欢听八卦，尤其是那些风云人物的八卦，再加上学姐你不但长得好看，风评也很好，我们低年级的学弟学妹都把你当偶像呢！我记得那时候，你一直都很低调，大家都没想到你突然就谈恋爱了！不过主要还是因为沈黎，他简直就是学姐你的粉丝嘛，追你追得可勤快了，而且行事也高调，搞得全校人都知道了你们的事……"

女生还是不停地说着学校里的趣事，眉飞色舞的，完全没注意到听众的表情正在急剧变化。

王佳琦的心在胸膛里怦怦跳动，她能感觉到自己的某种情绪正在膨胀，似乎就要失控了。

原来她在大学时候有一个男朋友，名叫沈黎……

可是她的记忆里没有关于这个人的任何信息，不仅如此，她的联系人、日记、相册……都没有关于这个人的任何记载。

母亲和表姐从来没有提起过这个名字，他就像从来不存在一样。

如果他真的在王佳琦的生活里出现过，怎么会一点儿痕迹都没有留下呢？

"我和那个人……我和沈黎是不是毕业之后在一起的？"王佳琦看着对面的女生，眼也不眨地问。

"学姐，你忘记了吗？"女生终于觉得有点儿不对劲，面带疑惑地回答，"沈黎在你的毕业典礼上高调表白了一次，你们应该那时候就在一起了吧。不过，不是很多人都说其实你们认识好久了吗？"

就是那个时候……

她大学时期的最后一年以及刚开始工作的前两年，这段时间是被她遗忘了的。沈黎正是在这段时间出现的，所以被她忘记了。

她想到母亲得知自己失忆时的反应，还有相册里缺失的那部分照片，越发觉得身边的人一直在欺骗自己。

为什么？为什么会这样？他们为什么要瞒着她有关沈黎的事？

王佳琦不安地思索着，双手不自觉地握成了拳头。

"学姐，你和沈黎是不是出什么事了？"女生注意到她的反应，小心翼翼地问，"要和你结婚的那个人，不是沈黎吗？"

王佳琦张了张嘴，正要回答，身后突然传来一阵急促的脚步声，表姐蹬着十二厘米的高跟鞋回来了。

"小琦，我回来了！"表姐面带微笑地看着占了自己座位的女生，"这位是……"

"这位姐姐你好！"女生积极地站起来，伸出手跟她打招呼，"王佳琦学姐跟我是一个专业的，我是她的学妹！"

表姐刚握住她的指尖，闻言，脸色突然一变，下意识地反问了一句："你是她的同学？"

"是啊！"女生高兴地说，"我们刚才正在聊学校里的事呢！"

"啊……我想起来了！我还有件很要紧的事情要做，得赶紧回去了！"表姐说着，拉了王佳琦一把，"小琦，走吧！"

表姐的态度很反常，王佳琦有点儿抗拒，忍不住问："有什么事非要现在回去？"

"总之是很重要的事啦！"

表姐雷厉风行地收拾好了大大小小的购物袋，拉着王佳琦就要往咖啡馆外面走，还不忘回头跟女生道别："我们先走了，再见！"

女生见她们走得急，不免有些失落，但还是礼貌地跟王佳琦挥手："学姐

再见！"

王佳琦硬生生被表姐拖出了咖啡馆，耳边还不断回响着表姐的叮嘱："你们都那么久没见了，有什么好聊的？你不是对学校里的事都记不清了吗？不要别人说什么你都信啊！"

"为什么……"王佳琦嘴唇翕动着，费了好大的劲才把那句"为什么瞒着我有关沈黎的事"压下去了，她有一种直觉，表姐是不会告诉她的。

"什么为什么？"表姐问。

王佳琦深吸一口气，换了个问题："为什么这么说？"

"因为我怕你被人骗啊！"表姐心痛地说，"万一你遇到了骗子，假装是你以前的同学或者朋友跟你套近乎，然后想骗你的钱怎么办？"

"这么大费周章地骗我干什么？我有什么好骗的？"

"当然有啊！"表姐煞有介事地说，"要是有人利用你失忆的事来骗你怎么办？你现在就跟一只天真的小白兔似的，随便用以前的故事糊弄你一下就得手了。你别不在意啊，说不定人家是想通过你接近陈暮呢。"

王佳琦不说话了，这倒是说得通，可那个学妹一点儿都不像骗子。她沉默地跟着表姐走了一会儿，突然问："表姐，你是不是不喜欢我跟陌生人接触？"

表姐正在拦车，听了这话，不禁回头看了一眼王佳琦，叹了口气说："你别怪我管太多，我也是为了你好，总之你别上当就行。"接着，她又说到了婚礼，"你很快就要和陈暮结婚了，别胡思乱想，好好享受当新娘的幸福吧！"

上了车后，王佳琦心情抑郁，脸色一直没好过。表姐本来还想再多说点儿什么，见她这个样子，也只好闭口不言了。

表姐一直把王佳琦送回了家，拍了拍她的肩以示关怀，然后就找了个借口

回去了。

"怎么了？出去的时候还好好的，怎么回来脸色这么难看？"母亲敏锐地发现了王佳琦的不同寻常。

"我没事，就是太累了。"王佳琦不想让母亲知道今天在咖啡馆发生的事，摇了摇头就进房间了。

她刚刚说服自己，过去并没有什么值得记忆的事，一切都只是自己太敏感，但今天的事情让她发现，她可能被所有人骗了，而骗她的人，正是这个世界上最关心她的人。

王佳琦手脚冰凉，胸口闷得快喘不过气来。正在这时，包里的手机突然响了。

她拿出手机一看，是陈暮的电话，不禁突发奇想，陈暮知道沈黎的事吗？

不过她很快就否定了这个想法，陈暮是她在车祸之后认识的人，应该不知道她以前的事情。

"陈暮。"王佳琦努力让自己的声音听起来和平常一样。

"佳琦，我和伯母查了一下，这个月底是个好日子，我想尽快把婚纱照拍了，你觉得怎么样？"陈暮的声音一如既往的温柔。

王佳琦看了一下日历，月底离现在没几天了，她迟疑了一会儿，还是说："能推迟几天吗？我最近有事，可能不太方便。"

电话那头的陈暮沉默了一会儿，问："发生什么事了吗？"

"没有。"王佳琦立即回答，"我只是……最近感觉好累……"

"好，那我们晚点儿再去拍。"陈暮说，"你趁这段时间好好休息。"

"谢谢。"

放下电话，王佳琦长舒了一口气。

5.

大学毕业留下的同学录被母亲藏到了杂物间，王佳琦翻箱倒柜找了好久，才把那本粉皮册子找出来。她一页一页地翻看，不肯放过任何一个角落，整整用了两个小时才把这本册子看完。让人气馁的是，她没有发现里面有任何关于沈黎这个人的记载。

不过，王佳琦找到了一个信息，那就是当年带过他们班的辅导员的联系方式。看到这组电话号码，王佳琦立即有了一个想法，她想回学校去看看。

打定了主意，王佳琦偷偷地在网上订了一张机票。在没有通知任何人的情况下，她第二天一大早就飞去了学校所在的城市。

母亲见她急匆匆地出门去，跟在后面喊了两声，王佳琦假装没听到，母亲倒也没起疑。

王佳琦在路上打电话请了个假，然后直接去了机场。三个小时后，她到了另一个城市。

昔日的母校建在郊区，依山傍水，风景非常优美。王佳琦一下飞机就打车去了学校，路上看见无数快速掠过的绿树和在市内绝迹的野花，心情不由得恍惚起来。

她很久很久没有回来过了。

重新踏上这片熟悉的土地，王佳琦只觉眼前的一切既陌生又熟悉。

每个学校的情况似乎都差不多，只要没有课，学生几乎都挤在宿舍和图书馆里。主干道上的人寥寥无几，而在环境清幽的湖边、小山坡上则有很多成双结对的学生在聊天看书。

王佳琦不知道自己是否也曾经像这些年轻的学弟学妹一样，经常在这些地方玩，但她猜想，毕竟在这里念了四年书，学校的每一个角落她应该都去过吧。

只是现在，她有些想不起来了……

她沿着学校的主干道漫无目的地闲逛。上飞机前，她给辅导员打了电话，说有事想请教他，顺便回来看看母校。

辅导员接到她的电话有些惊讶，这个当年的优秀毕业生离开学校后就像失踪了一样，几乎和过去的人完全断了联系，他没想到王佳琦会突然在这个时候回来。

"你要找我的话，就在北门附近的那个凉亭里等我吧。我今天刚好有课，下课后我会从那里经过。"辅导员说着，又问，"你知道那个地方吧？"

"好，我会准时到的。"

王佳琦一边打量着路上的风景，一边努力回忆过去的情形。大学的生活已经过去几年了，再加上头部曾经受创，对于王佳琦来说，这里的一景一物都很熟悉，可她想不起来自己在学校里念书时是什么样的情景。

就像雾里看花，她和真相之间总是隔着一层模模糊糊的白雾。

见时间差不多了，王佳琦随便问了一个路过的学生，再循着残存的记忆找到了北门附近的那座凉亭。

辅导员已经在等着了，看见王佳琦，他笑着迎上来，打趣说："大忙人好不容易回来一趟，老师很感动。"

辅导员年过半百，近年来钻到课题里去了，言行举止都比当年更具学者风范。他略显苍老的脸上露出了和善的微笑，这让王佳琦的心情轻松了不少。

"老师，我们真的好久不见了！"王佳琦有些感动地上前，握住了辅导员的手，"对不起，我这么多年都没来看看您！"

　　"知道你们忙，不要把这些事放在心上！"辅导员佯装不高兴地撇撇嘴，"现在回来了就好。感觉怎么样，对学校还熟悉吗？"

　　"老师，我……"面对辅导员的热情问候，王佳琦心里有些愧疚。她毕业后就跟老师和同学们断了联系，因为失忆的事，她几乎没有让他们知道一点儿关于自己的消息。

　　辅导员从她的表情看出了不寻常，便不再客套，而是直接问："你今天回到学校，应该不仅仅是来看我吧？"

　　"什么事都瞒不过老师……"王佳琦苦笑，"其实不是我不想回来见见老师们，而是我前几年出了一次车祸，好多事都被我忘记了，就像这个凉亭，我也是问了其他同学才找到的。"

　　"你是说……你失忆了？"辅导员惊讶地问。

　　王佳琦点点头，眼里闪过一抹痛苦之色。

　　"有多严重？"

　　"医生说我的海马体受到了一些损伤，患的是选择性失忆症，导致我忘记了某些时段的事情，这也是我今天来找老师的原因。"王佳琦说着，不由得紧张起来，甚至不自觉地捏紧了衣角，"老师，请问您知道沈黎这个人吗？"

　　"沈黎？"辅导员默念了一遍这个名字，又想了一会儿，有些茫然地摇了摇头，"我对这个名字没有什么印象。"

　　"实不相瞒，我昨天遇到了一个自称是我学妹的人，她说……"王佳琦皱紧眉头，"她说我在大学里和一个叫沈黎的人交往过，可是我的记忆里完全没有这个人。"

　　"你和人交往过？"辅导员突然笑了，似乎并不认可这个说法，"你当年在大学里是一个很刻苦的学生，一心扑在学业上，我倒是听说过有很多外系的

学生想追求你，只是不知道你是否真的交过男朋友。"

"是这样吗？"王佳琦下意识地松了一口气。如果辅导员都不知道她有男朋友的事，那沈黎和她交往过这一说法的可信度就降低了。

虽然王佳琦还是觉得疑惑，但心里轻松了不少。她的确想知道真相，但也不希望那个真相会破坏她现在的生活。

"真是太谢谢老师了！这个问题对我来说很重要，您的回答让我放下了心里一块大石。"

"往者不可谏，来者犹可追，你不要太执着于过去。"辅导员颇为惋惜地看着王佳琦，"上天让你吃了那么多苦，一定会在将来补偿你。你们还在学校的时候，老师就经常教导你们要珍惜当下，过去的事情并不重要，重要的是以后，未来是一种可以把握的东西。"

辅导员的教导和母亲的话不谋而合，王佳琦终于明白了他们的意思。她此番冲动地回到学校，想从这里找出一个幽灵般不可捉摸的名字，但那个名字早就离她远去了，对她现在的生活没有任何帮助，甚至会扰乱她的状态。

有时候，人苦苦追寻的并不是什么实实在在的东西，而是心里的一个执念，如果能及早放下，就能及早地奔向未来。

经过辅导员的一番劝解，王佳琦安心了不少。她陪着多年未见的恩师逛了一会儿学校，买了一些礼物送给当年的老师们，然后准备回家。

她把辅导员送回学院的办公楼，转身时听见几个老师一脸好奇地跟辅导员说着什么。王佳琦没有久待，很快就沿着曲折的石子路往校门口走了。

路上看到不少朝气蓬勃的学生在校园里肆意奔跑、欢笑，王佳琦脑海里闪过一些零碎的片段，她抓不住，不知道那些画面代表着什么。

一对年轻的情侣从她身边跑过，男生高喊着快来，女生满脸欢笑地跑向

他，发出一阵银铃般的欢笑。

他们恩爱幸福的样子吸引了王佳琦的注意，她不由自主地盯着他们看了很久，直到那两个人的身影消失在英语角的一棵梧桐树背后。

不知道为什么，她觉得这个情景有些熟悉，但始终想不起来任何具体的画面。

王佳琦一边在学校里闲逛，一边陷入了沉思。神情恍惚的她没注意到包里的手机在振动。直到电话响过第三遍，她终于回过神来。

来电显示是陈暮。王佳琦心里一动，猛然想起自己已经有十几个小时没联系陈暮了。为了一个虚无缥缈的名字，她把未婚夫完全晾在了一边，这时候看到陈暮打来电话，不免有些愧疚。

她马上接了电话，轻声唤道："陈暮。"

"佳琦！"那头的陈暮听上去有些急切，"你今天去哪儿了？伯母告诉我你一个人出去了，谁都没通知，我很担心你。你现在在哪里？什么时候回家？需要我过去接你吗？"

"对不起，我忘了跟你们说，其实我只是……"王佳琦顿了一下，随便扯了个谎，"我在一个朋友家里呢！你的声音听起来很急，是找我有事吗？"

"没事，我只是很担心你。"陈暮听到她说在朋友家，似乎放心了不少，不自觉放缓了语调，不一会儿又问，"那你什么时候回来？我去接你好不好？"

"不用，我很快就回来了。"王佳琦说，"你忙吧，我晚上到家再给你打电话。"

"好，你早点儿回来，路上要小心，我等你电话，还有……"陈暮停顿了一会儿才柔声说，"佳琦，我爱你。"

低沉醇厚的男声贴着耳朵传进了心房，王佳琦脸颊一热，仿佛能看到陈暮真的贴在自己耳边说话的场景，一颗心不禁快速跳动起来。她摸了摸发红的耳垂，低声回答："我也爱你。"

听到她的回应，陈暮很高兴，甚至忍不住笑出声来，可以想象他此刻满脸幸福的表情。

"到家后联系我。"陈暮温柔地叮嘱。

"好。"王佳琦说完，挂掉了电话。

陈暮的一通电话打断了王佳琦的怀旧思绪，她挂了电话一看，马上就快到饭点了，窝在宿舍和图书馆里的学生陆陆续续走了出来，三三两两奔向了食堂，安静了一上午的校园重新热闹起来。

望着人潮涌动的主干道，王佳琦知道再待下去也无济于事，便直接走向了校门。就在她即将迈出大门的时候，一辆看上去价格不菲的轿车从她身边驶过。

王佳琦无意中回了一下头，瞥见了车窗里的一张侧脸。她的心猛然一跳，像是被一把锤子砸中了，脑海里瞬间冒出了无数疑问。

这个人……好像是陈暮的助理！

王佳琦不知道自己有没有看错，但这个人确实很像那个经常跟在陈暮身边的助理。

如果车里的人是陈暮的助理，他怎么会出现在自己学校？莫非是陈暮和校方有什么合作？王佳琦从来不关注陈暮工作上的事情，但如果合作对象是她的母校，陈暮一定会主动告诉她的。

也有可能不是合作。

可如果不是公事的话，他的助理为什么会来这里？

陈暮是不是也知道什么？

王佳琦不可避免地胡思乱想着，心里莫名有些慌。她承认自己害怕，害怕发现陈暮也有事瞒着她。一想到这里，她急忙甩了甩头，勒令自己不准再想下去了，如果想知道什么，直接去问陈暮就好了。

对，干脆去问陈暮，他从来不对她说谎，一定会告诉她真正的原因。

王佳琦勉强安抚了胸膛里那颗躁动不安的心，不自觉加快了离开的脚步。

6.

临近八点的时候，王佳琦回到了家中。

母亲大呼小叫地迎上来，追问她去了哪里。

王佳琦又累又饿，实在不想再跟母亲聊这些烦心事，只好摆了摆手说："我去见朋友了，妈你着什么急呢，我又不是小孩子。"

"哎呀，你出门总要说一声啊！你知道陈暮有多担心你吗？他给你打了好多电话，结果你竟然关机了，他又打到我这里来，问我你去了哪里。"母亲一边给她拿拖鞋，一边不停地唠叨，"我打不通你的手机，只好给你们公司打电话，结果你们领导居然说你今天请假了！"

他们打电话的那段时间，王佳琦多半在飞机上。她这次走得急，没跟家里交代一下，搞得身边人鸡飞狗跳。

"好了，我知道错了！"王佳琦不想让他们知道她回了学校的事，只好扯谎，"一个朋友有急事，特别急，我就临时跟公司请假了。"

"多大的人了，做事这么不让人放心！再急的事，你也要跟我们说一声啊，好端端的关什么手机！"母亲的责备还在继续。

"是是是，都是我的错！我真的知道错了！"王佳琦换好鞋，忙不迭地拿

迷迭香记忆馆

你有没有想要尘封的过去？你有没有未能圆满的憾事？

传说三界中有一家迷迭香记忆馆，馆内有一面名为"溯流"的时光之镜，凡是踏进馆中的人，都能回溯时光，重塑记忆。

少女夏云梦从一段噩梦往事里解脱，进入记忆馆帮助清冷神秘的美男馆长周楹打理事务，却见证了一段又一段与爱情、记忆有关的故事。冷淡疏离的未婚夫妻，身份隐秘的网络名人与女武替演员，失去友情的鲛人少女……

浮生有尽，唯情不止，于迷迭般的淡淡香气里，氤氲一曲三界人情百味奇谭。

迷迭香

记忆馆

魅丽优品
Merry Product

随书附赠　不另出售

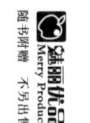

着东西逃回了房间，"我现在就给陈暮打电话，告诉他我到家了！"

"跟他说一声就好了，快出来吃饭，饭菜都凉了！"母亲不悦地冲着房门喊。她虽然喜欢陈暮这个准女婿，但心里还是偏向亲生女儿多一些。

王佳琦应了一声，拨通了陈暮的电话。

"佳琦，你到家了？"那边很快就接通了，一个温和的男声响了起来。

"嗯，我回来了。"王佳琦说，"对不起，今天让你们担心了。"

"你没事就好，下次有事记得提前跟我们说一声，你的手机突然打不通，让我很担心。"陈暮的声音依然像平时一样温柔宽厚，一点儿都听不出责备之意。

王佳琦心里微微一暖，点了点头："我下次会记得的。"

"我前段时间一直在忙，都没有好好陪你。"陈暮有些愧疚，"这周末你有安排吗？我们出去玩吧！"

"没关系，我理解你。"王佳琦想了一会儿，笑着说，"你忙了一段时间需要好好休息，还是不要奔波劳累了。这样吧，这周末我去你家陪你。"

她说不要奔波劳累的时候，陈暮的脸色顿时暗淡下来，可没想到，她的下一句话却让他高兴得几乎不知如何是好。

"你是说真的吗？"陈暮简直不敢相信自己耳朵听到的内容，一再反问，"你愿意来我家陪我过周末？"

"真的啊！就这么说定了！"王佳琦说完，不给陈暮反应的机会，就挂掉了电话。

她说要去看陈暮是发自真心的，因为她有一些话想和陈暮谈谈。

今天送辅导员回办公室的时候，她听到了一些不该听到的话，还见到了一个不该见到的人。

辅导员回到办公室，立刻就有好奇的老师围了上来，七嘴八舌地问了一堆问题。王佳琦走得慢，不可避免地听到了一些内容。

"刚才那个女孩就是你上次说的那个学生吗？"

"是她，原来她失忆了，怪不得那个人让我们不要在她面前提起沈黎这个名字呢！"

"整个办公室的人都被拜托了，看来沈黎这个人对她的影响很严重啊……"

"虽然不知道为什么，但事情都过去了，希望她以后能好好地生活吧！"

……

王佳琦在门外站了一会儿，转身离开了办公楼。

原来连学校的老师都被人特意拜托过，不要在她面前提起沈黎，这让王佳琦越来越疑惑了。

又是沈黎……

因为这个名字的突然出现，她发现自己被所有人骗了。她觉得最有可能的真相是，沈黎不但是一个真正存在的人，还和她有过极其亲密的关系。就算事实真的是这样，身边的人为什么要瞒着她这些事呢？只是因为她遇见了陈暮吗？有人想保护她和陈暮的关系？

王佳琦怎么想都想不通，只觉得心里越来越闷，漫无目的地在大学校园里逛了很久。

她猜想过，不想让自己知道沈黎这个名字的人应该是母亲和身边的亲人们，但当她在校门口看见了陈暮的助理，新的疑问出现了……

难道想要瞒着她沈黎这个人的事，是陈暮的意思？

王佳琦是在车祸发生之后才认识陈暮的，他不应该知道她过去的事，除非是有人故意把沈黎的事透露给了陈暮，让他有了警觉，所以把助理派了过来。

事情是这样吗？王佳琦甩了甩头，把一整天的胡思乱想强行压了下去。到了周末，她就会知道答案了。

她决定去找陈暮，就是想问清楚这些事。

按照约定，王佳琦一到周六就早早地出了门，甚至拒绝了陈暮过来接她的提议。

陈暮住在城南的一个高档公寓里，他们的新家离这里也不远，全是陈暮一手操办的。王佳琦很少来陈暮家，大多时候他们都在外面约会。陈暮一直很尊重她的感受，也很少贸然上门打扰。

他们的关系类似相敬如宾的夫妇，说是恋人，看起来却更像是一对要好的朋友。

许久未登陈暮的家门，王佳琦深吸一口气，正要按铃，大门却先一步打开了，陈暮那张英气逼人的脸出现在门后。他朝她露出了一个温暖的笑容，眼睛似乎在发亮："佳琦，你真的来了！"

王佳琦仰起头冲他微笑，还未开口，已经被揽进了一个结实的怀抱。

陈暮紧紧地抱着她，低头亲吻她的额头。

王佳琦有点儿不好意思，连忙提醒他："先让我进去啦！"

陈暮反应过来，拉着她进了公寓，随手把门关上了。

"你想喝什么？"陈暮把她带到客厅坐下，转身就去准备茶水。

"随便。"王佳琦说着，打量了一下陈暮的公寓。她很少来陈暮家，但无论什么时候来，这里的环境都是一如既往的安静，甚至透着些孤独的味道。

陈暮给她端了一杯果汁，在她身边坐下了。

"我觉得你这段时间好像不太开心，真没想到你会突然来看我。"

"你发现了？"王佳琦挑眉。

"佳琦，你是我的未婚妻。"陈暮失笑，"如果连你的情绪变化都感觉不出，我怎么有资格向你求婚呢？"说着，他从茶几上拿过一本小册子翻开，递给王佳琦看。

"我想过段时间带你出去散心，不过还没决定去哪儿，你有没有想去的地方？"

王佳琦喝了一口果汁，朝小册子上面的旅游信息瞥了一眼，摇了摇头，说："其实我现在心情好多了。"

"真的吗？"陈暮盯着她。

"嗯。"王佳琦点点头。

两人视线相触，时间仿佛静止了一瞬。

陈暮突然凑了过来，温暖的嘴唇覆上了她的。他揽住王佳琦的头，薄薄的嘴唇将那对红唇细细吻过，舔掉了她唇角遗留的一滴果汁。

陈暮身上那股独属于男人的温热气息涌了过来，几乎将王佳琦整个人包裹。

王佳琦一怔，反应过来的时候，陈暮已经在看着她笑了。他目光灼灼，似乎意犹未尽，还想再来一次，王佳琦终于回过神来。

她想起了今天来看陈暮的目的，及时转移了话题："我们今天一起做饭吧。"

"现在？"陈暮有点儿惊讶，现在离午饭时间还很久。

"嗯，我们自己做，要早点儿准备。"王佳琦站了起来，径直走向了厨房，"我看看你家里有什么菜。"

"冰箱里只剩一些鸡蛋了，你先别忙，我下去买点儿菜。"陈暮说着，从衣帽架上取了外套，就要出门。

"那你买多一点儿，今天干脆弄火锅好了。"王佳琦从厨房里探出头来，"我不吃芹菜。"

"好。"陈暮了然一笑，打开门出去了。

王佳琦看着重新关上的门，不由得松了一口气。自从相识以来，陈暮对她一直很好，他性格温和有耐心，从没当着王佳琦的面发过脾气，甚至连一句重话都没说过。

看着他充满爱意的眼睛，王佳琦问不出口，所以，她只好找了个借口支开了他。

公寓四下无人，越发显得单调空旷。王佳琦来到陈暮的房间门口，轻轻地推开房门，走进去小心翼翼地翻看起来。

王佳琦今天主动上门，陈暮显然很开心，如果被他知道她是来搜查屋子的，不知他会作何感想。王佳琦有点儿愧疚，但为了解开心里的疑惑，她不得不做出这样的选择。

陈暮的房间很简单，床上用品都是简约的色调，衣柜整整齐齐，所有衣服分门别类挂好，一眼就看完了。

看了一圈，王佳琦没什么发现，只好退出来，把门重新关上，然后又去了书房。

书房里除了书就只有一台薄薄的笔记本电脑，幽蓝的屏幕泛着微弱的光。王佳琦碰了一下，只见上面开着一张报表，想必是陈暮早上看过的。她无意窥探商业机密，只简单地查看了一下电脑桌面和文件夹，发现里头全是工作文件。值得一提的是，陈暮电脑的屏幕壁纸，是王佳琦的照片。

王佳琦点了待机，把电脑放回原位，站起身来环顾了一下四周。书架底部

有一个抽屉，王佳琦走过去拉开，发现里头放着一份档案。

她翻开扉页，被上面的一张照片吓了一跳。

照片上的人，是她。

王佳琦按捺住怦怦乱跳的心，慌忙翻看了几页，发现这果然是自己的档案资料。除此之外，她还在文件夹里发现了一张自己的照片。

照片的背景是一所风景优美的大学，正是王佳琦的母校。她刚刚去过那里，绝对不会认错。可让她惊疑的，却是照片上的自己。

那时候的她长发刚刚过肩，骨子里透着快乐和自信，正好路边有棵樱花树开花了，她抬头仔细打量，唇边不自觉含着一抹恬静的微笑。她的背后站着一个年轻的男生，整个人就像一道耀眼的阳光，他悄悄地靠近了王佳琦，一手举着相机拍下了两人的亲密瞬间。

他们离得很近，只要那个男生一转身，就能亲到王佳琦的头发。

王佳琦指尖冰凉。

她认得自己，却认不出照片上的男生！

他是谁？

他们曾经如此亲密，为什么她却没有任何记忆？

王佳琦双手颤抖，照片从她的手里滑落，掉在了地上。文件夹里还有一张报纸，上面刊载了一起车祸新闻。

王佳琦望着报纸上加粗加大的黑字，差点儿呼吸不过来！

年轻情侣遭遇追尾连环车祸，男生当场死亡！

王佳琦的眼睛迅速积满了水雾，报纸上的方块字变得模糊不清。她紧紧地抓着这份陈年旧报，努力地一个字一个字默读着。

这场车祸发生的时间，正是王佳琦遭遇意外的时间，她的记忆就是从那一

天出现了断层……

报纸上说，他们是本市一所知名大学的学生，那死去的男生姓沈……

原来他就是沈黎！

原来沈黎三年前就死了！

这就是身边所有人绞尽脑汁隐瞒自己的真相！

王佳琦的手剧烈颤抖着，全身一阵阵发凉。她一遍又一遍地读着这则只有短短几百字的新闻，脑子里疯狂地回想当日的情况，可是没用，除了针刺般的疼痛，她的大脑依然一片空白！

王佳琦头痛欲裂，下意识地后退了一步。

突然，门口传来一个讶异的声音："佳琦？"

她抬起模糊的泪眼，看到买菜回来的陈暮站在书房门口，正一脸震惊地望着她。

"为什么？"王佳琦捡起地上的照片和报纸一起拿给他看，难以置信地问，"为什么要骗我？为什么？为什么——"

"啪"的一声，陈暮手里的购物袋全部掉在了地板上。他连忙扶住站立不稳的王佳琦，急切地说："佳琦，你先冷静下来，我可以解释的！"

"如果我今天没有看到这份档案，你是不是打算瞒我一辈子？"王佳琦看着近在咫尺的陈暮，不停摇头，仿佛从来没有认识过这个人。

"你知道沈黎这个人！你早就知道了！"王佳琦回想了一下这段时间发生的事，只觉身体越来越冷，"我前几天回了学校，你一定知道吧？但我猜你一定不知道我在那里遇到了你的助理。我一直怀疑身边的人有事瞒着我，原来连你也……"

"佳琦，对不起！"陈暮一脸沉痛地看着她，"瞒着你是我的错，但你要

相信我是为了你好！"

"为了我好？"王佳琦突然冷笑。婚期在即，她却忽然发现自己有一个死去多年的男友，恐怕她以后再也无法安心了。

在她面前，陈暮一直扮演着温柔知礼的男朋友角色，直到真相被揭开的这一瞬间，陈暮的样子变得虚伪起来。

不只是他，身边所有熟悉的人都变得陌生起来，他们联手撒了个瞒天大谎，将王佳琦完全骗住了！

她原本如此信任这些人！

王佳琦心里一阵恶寒，她突然一把推开了扶住自己的陈暮，头也不回地离开了公寓。

"佳琦！佳琦——"陈暮在她身后喊，却换来大门被用力关上的一阵闷响。

陈暮打开门追了出去，一直追到楼梯间，但王佳琦的身影已经不见了。

（三）温梦

7.

王佳琦拦了一辆车，用最快的速度回了家。母亲接到了陈暮的电话，一下子也不知该如何是好，急忙找来了王佳琦的表姐，两人火急火燎地等人回来。

王佳琦一推开家门，看到的就是忧心忡忡的母亲和表姐。

"小琦……"母亲一边不安地走上前来，一边给王佳琦的表姐暗示快给陈暮打电话。

王佳琦沉默地换好鞋，坐到了客厅的沙发上。

"你们都瞒着我。"她把抓了一路的照片和报纸放在茶几上，双手抱着头，喃喃低语，"为什么？你们是我最亲的人，为什么要骗我？"

母亲拿起被王佳琦抓得皱巴巴的报纸和照片，叹了口气，说："我们早猜到这件事会对你造成不小的打击，所以一直不希望你知道。你已经受了很多苦了，妈妈希望你以后只享福就好了……"

"可我现在知道了，不是一样会难过吗？"王佳琦从母亲手里拿过照片，轻抚上面的人，强忍着泪意，低声说，"沈黎……他以前是不是对我很重要？如果我们相爱过，你们不能就这样把他从我的记忆里抹去……"

说着，她还是忍不住掉下了眼泪。

表姐偷偷告诉了陈暮王佳琦已经安全到家的事，然后拿着手机走过来，唉

声叹气地说："小琦，你妈妈是为了你好，我们当初决定隐瞒沈黎的事是有原因的。你现在只看到了照片，还是想不起来以前发生的事对不对？我跟你说，你那个时候正和沈黎闹矛盾，已经差不多要分手了！当时医生说你得了选择性失忆症，我们不希望你想起那些伤心事，所以才打算把沈黎这个人彻底隐瞒下来。"

"分手？"王佳琦大感意外，"为什么？"

她从学妹那里得知，沈黎曾经追了她很长时间，认识他们两个的人知道他们在一起了，都不约而同地送上了真诚的祝福。按理来说，她和沈黎的感情应该很好才对，为什么会突然分手？

"我们也不知道你们怎么了，反正你突然跟我们说要跟沈黎分手，而且……"表姐看了她一眼，说话支支吾吾起来。

"而且怎么了？"王佳琦盯着她，心里涌起了一股不祥的预感。

"当时开车的人是你……"母亲接过了表姐的话，脸色布满了无尽哀伤，但她还是直视女儿的眼睛，告诉了她事实，"你们当时可能发生了争吵……沈黎他……很大程度是因为你……"

事发突然，王佳琦的父母接到消息后，用了很多办法才把这件事的影响压到了最小。他们的女儿从小乖巧懂事，无论如何都不能接受这种后果。万幸的是，从昏迷中醒来的王佳琦选择性地把和沈黎这个人有关的一切都忘记了，母亲很痛苦，但同时又觉得，这对王佳琦来说是最好的结果。

王佳琦看懂了母亲眼神里的含义，身体彻底僵住！

原来……

沈黎是因为她而死的……

原来她们费尽心思瞒着这件事，是因为看似单纯善良的王佳琦曾经害死过

一个人！

王佳琦从没想过，自己身上竟然背负了一条人命……

而那个人是她曾经的男朋友，一个深深爱着她的人！

"小琦……"看到王佳琦的反应，母亲心碎欲裂，忍不住去拉女儿的手。

王佳琦仿佛置身另一个空间，表情恍恍惚惚的，唯有指尖的冰凉直接反映了她此刻的感受。她好不容易回过神来，猛然抽出了被母亲握住的手，逃也似的躲进了房间。

"小琦！"母亲和表姐在门外喊她的名字。

"小琦！那件事是一个意外，不是你的错！"母亲心知王佳琦被残酷的事实真相伤害到了，不免有些后悔。可事到如今，王佳琦追着过往不放手，如果不查清楚真相，她也是不得安心的。

王佳琦躲在房间里，以手掩面哀哀地哭泣。就在一个小时以前，她还觉得自己被全世界欺骗了，此刻却发现，原来罪孽深重的人只有自己。

"小琦……"母亲敲了几次门得不到回应，也忍不住抹起了眼泪。

隔着一扇门，王佳琦能听见表姐在低声安慰母亲。母亲和表姐没有错，她们只是想保护自己关心的人。错的人只有王佳琦，是她亲手造就了如今的局面，是她害死了沈黎，又选择忘记了这一切，时隔三年，她又因为心里的一点儿执念重新揪出了那些被小心掩藏的事实。

没想到，却伤到了母亲和表姐。

"原来我是一个这样卑鄙无耻的人……"王佳琦暗暗咒骂着自己，她紧紧咬住胳膊，在上面咬出了一个深深的齿痕，眼泪像断了线的珠子似的往下落。

终于知道了过去发生的事，结果却是这样丑陋不堪。她毫无愧疚感地度过了三年，现在看来是多么令人讨厌。

她无法接受现在的自己，但她不知道该怎么办。

谁来告诉她，以后该怎么办？

几天以后，王佳琦的情绪终于恢复了正常。

以后的事有很多人帮她想，陈暮、母亲、表姐……还有很多关心她的人。母亲这几天都小心翼翼的，生怕再次勾起她的伤心事。

等王佳琦的心情恢复了一些，陈暮才再次露面。

王佳琦知道家里一直关注着沈黎的家庭，这几年来明里暗里给了他们很多帮助。沈黎已经去世三年了，王佳琦能怎么办？她还能怎么办？

母亲看她的状态还算稳定，暗暗地催促婚事的进程。短短半个月，他们的婚事就从筛选吉日进入了婚礼环节。

婚纱试妆、拍婚纱照、订酒店、拟定宾客名单……周围的人突然忙了起来，都在为即将到来的婚礼精心准备。陈暮把这些事全权交给了双方的父母，反倒空闲下来，将所有的时间都留给了王佳琦。

他们朝夕相对，他怎么会看不出，看似平静的王佳琦更像是一个失去了灵魂的木偶。

王佳琦表面上默默地接受了这一切，因为从小到大，所有事都是家里给她安排好了的，她只要接受就好了，但到底还是没办法装作什么都不知道的样子。

她的心结，直到今日也没能解开。

陈暮不敢给她压力，甚至还问过要不要推迟婚礼的日期，他可以等，等她的心情完全好转。

面对他的退让，王佳琦平静地摇了摇头。

陈暮看着她眼神暗淡的样子，心里微微叹息。

按计划，婚礼如期举行。

家里变得特别吵，几乎所有的亲人都来了。王佳琦强忍住不耐烦的神情，老老实实坐在房间里，让表姐帮她穿婚纱。忽然，床上传来悦耳的铃声。表姐随手拿起手机一看，大惑不解："你朋友吗？这人的姓氏怎么这么难念？"

王佳琦顿时来了精神，她接过手机，把表姐推了出去。

"私人电话。"她笑着说。

关上门，王佳琦深吸一口气，点开了接听键。

"王小姐，您托我们调查的事情有结果了。"电话那头是一个低沉的男声，约莫三四十岁的样子，声音毫无情绪，却能带给人极大的压力。

王佳琦的心一下子紧张起来，强忍住情绪问："沈黎……到底是一个什么样的人？"

"沈家的条件很一般，大儿子被别的家庭收养了，沈黎是留下来的那个。王小姐，您马上就要和本市商界精英陈暮先生结婚了，对吧？"

王佳琦下意识地点了点头，突然意识到对方看不见，忙问："这和沈黎有什么关系？"

"陈暮先生就是被其他家庭收养的男孩，他小时候在国外待过很长时间，学识气度都和弟弟沈黎有很大差别。不过据我调查所知，他们很早以前就知道对方的存在了，甚至私底下联系过好几次。"

王佳琦手指发抖，差点儿握不住手机，颤抖着声音问："你说什么？"

"您那位去世的前男友和您的未婚夫……"对方顿了一下，缓缓回答，"是亲兄弟。"

迷迭香记忆姐

王佳琦眼睛一闭，挂断了电话。

原来，这才是她生活里的最后一个骗局！

温文尔雅的陈暮，一往情深的陈暮，善解人意的陈暮……全都是假的！

她仿佛看见了向来喜欢在人前表现温柔的陈暮突然变得凶狠无情的样子，以爱情之名对她进行最隐忍也最残忍的报复。

王佳琦跌坐在了地上。

隔着房门，她能听到亲戚们在客厅里说话。

在他们眼里，王佳琦是世界上最幸福的女人，因为她遇到了真心爱她的陈暮。他们谈论着、憧憬着王佳琦和陈暮将来的生活，相信那一定会是非常幸福美满的。

王佳琦无声地笑了起来。

表姐在门外等了二十多分钟，王佳琦的房门一直没打开。她心生疑惑，忍不住上前敲门。她拍了半天门，突然意识到了不对劲。

等她找人把门撞开的时候，房间里空无一人。

表姐慌了，火急火燎地拨通了陈暮的电话。

同一时刻，王佳琦已经离开了居住的小区。她漫无目的地走着，逐渐远离了熟悉的街道。夜深了，凉风吹动她单薄的衣裙，像一只飞舞的小鸟。

王佳琦很平静地离开了家，走向了不知名的路。从头到尾，她脑子里只有一句话："谁要过这种全是谎言的日子？"

她甚至连鞋都没穿，光着脚走过了三条街。

身后有一道光追来，接着便是急促的刹车声。一辆灰色的保时捷在她身边停了下来，车窗摇下，里面是陈暮焦急的脸。

"佳琦！"陈暮跳下车，一把抓过王佳琦冰凉的手。他接到消息急得不行，一看到王佳琦这副完全不把自身安全放在心上的样子，压抑了许久的怒气终于有些抑制不住了。

"你……你为什么要这样对自己？"陈暮心痛地说，"有什么事不能好好跟我们说呢？如果你不愿意接受这场婚礼，应该跟我说明，我不会勉强你的！"

王佳琦抬起头看他，忽然笑了一下，但她的眼里完全没有笑意。

"我怎么对自己了？你们又是怎么对我的？"

听到她的话，陈暮一愣。他隐约意识到了什么，却又不敢肯定，只能目不转睛地看着王佳琦，似乎想从她的表情里探查出什么东西。

王佳琦看着他，平静地说："我都知道了。"

陈暮下意识地反问："知道……什么？"

"你和沈黎是兄弟的事……我全都知道了……"王佳琦说着，不免觉得有些好笑，一把甩开了他的手，像是要划清界限般倒退了几步。

"你陪在一个害死了你弟弟的人身边这么久，心里是什么感觉？"王佳琦笑着问他，"你为了报复我，真是花了好多心思！亲自下跪求婚，用的还是三克拉的钻戒，真是让我感动，我想明天的婚礼一定会震撼全城吧？看着我一步一步走进你设下的陷阱，你一定很开心吧？我想知道，明天的婚礼结束之后，你会怎么对我呢？你是不是想折磨我一辈子……"

陈暮面如土色地看着王佳琦，艰难地开口："你都知道了……"

"是，我都知道了。"王佳琦擦掉从眼角溢出的泪水，冷冷地说，"如果我没有坚持去查这些事，我会永远被你们蒙在鼓里。陈暮，我们结束了。"

"佳琦！"陈暮叫住她，急切地说，"我和沈黎的确是亲兄弟，但瞒着你

的原因，不是为了报复你！佳琦，你……真的一点儿都想不起来了吗？那些被你刻意忘记的过去里，除了沈黎，还有一些事……"

"不要再说了！我想不起来了！"王佳琦猛然打断了他，眼里弥漫着浓郁的哀伤，"你们不要再试图篡改我的记忆了！我不会再相信你们了！"

她一边说一边后退，然后转身就开始跑。

"佳琦！"陈暮在她身后大喊。

"不要跟着我！"王佳琦几乎是怒吼着说出这句话，嘶哑的声音带上了浓浓的无助和绝望。

陈暮从没见过这样失控的她，忍不住停下了脚步。

王佳琦转过街角，像一阵风般消失在了夜色中。

8.

"听说你们这里，可以买到自己的记忆？"

王佳琦站在半人高的柜台前，惴惴不安地望着店员。

和陈暮大吵一架之后，她跑到了一个完全陌生的地方。夜色浓重，城市里亮起了万家灯火，却没有任何一盏能让王佳琦心安。

三年前那次车祸造成的失忆，让她的生活发生了翻天覆地的变化。

在陌生的街头游荡了很久，望着这个钢筋水泥铸就的世界，她从来没有如此强烈地渴望找回自己的记忆。

忽然，就在她这样想的时候，原本漆黑一片的街边有一家店亮了起来。

迷迭花香的味道从店内飘了出来，一直往王佳琦的鼻子里钻。她抬起头，发现这家店四周都散发着柔和的橘黄色光芒，小小的店门伫立在无边无际的光芒之中，仿佛一条漂泊在河流上的小船。

在某个遥远的传说里，世间有一家迷迭香记忆馆，凡是踏进馆中的人，都能从这里买到任何想要的记忆，也能剥离不想要的记忆。

你是否曾有过追悔莫及的往事，是否有未曾圆满的遗憾？只要你是这三界之中的生灵，迷迭香记忆馆就能指引你通往回忆。

普通人看不见记忆馆，但当你真正需要它的时候，它就会悄无声息地出现。

王佳琦望着记忆馆的雕花大门，心里自然而然地浮现出这一段话。

没错，现在就是她需要记忆馆的时候。

王佳琦深吸一口气，走进了记忆馆的店门。

"你好！欢迎来到迷迭香记忆馆。"隔着一个半人高的柜台，长相甜美的店员面露微笑，耐心地解释，"因为时间而遗忘的或是因为意外而失去的记忆，都可以在我们这里买回来哦！"

王佳琦握紧双拳，点了点头。她想找回失去的那部分记忆，非常想。

记忆馆真正的店主是一个年轻的男人，身形高挑，还长了一双惹眼的桃花眼，可惜不太爱笑，看上去跟他衣袖上的四爪龙纹一样严肃。

"找回了遗忘的过去，可能会影响您现在的生活。在做决定之前，请您一定要想明白。"店主周稷解释，"而且，迷迭香记忆馆从来不做亏本生意，您想拿回自己的记忆，是需要付出代价的。即便如此，您还是愿意跟我们交易吗？"

"现在的我还有什么可失去的呢？"王佳琦闭上眼睛，在心里默念陈暮的名字，"我不想再做一个记忆不全的人，如果那段回忆会彻底毁掉我的生活，我也愿意……"

"迷迭香记忆馆的交易一旦达成，客人是无法反悔的。"周稷说，"请您记得，拿回想要的记忆后，必须留下您答应支付的报酬。"

周稷说完，做了个"请"的手势，将王佳琦带到了那扇雕花铜门前。王佳琦推开门，只见里面是无边无际的黑暗，一面巨大的镜子立在其中，镜面隐隐有流动的光彩。

王佳琦不自觉地走上前，发现那面镜子根本照不出人影，里面仿佛是一条缓缓流动的银色河流，隐约可见一些晶莹的光点。

她站在一望无际的黑暗中，唯一能照亮自己的只有这面镜子的光。

"这是溯流镜，里面存放着世界上所有人的记忆。现在请将您的手放在镜子的边缘，专心感受那段失去的记忆……"

周稷的声音适时在耳边响起，语气轻柔缓慢，王佳琦不自觉地照着他的话做了。她伸出手，轻轻地碰了碰镜子的边缘，发现镜面异常柔软，像是可以伸进去……一道淡淡的光芒从她和溯流镜相触的地方发出，将她模样的记忆清晰地照亮。

王佳琦闭上眼睛，默默地回想多年前，她第一次认识沈黎的情景……

那时候的他还没有正式的名字，他只是网络中千千万万个寂寞灵魂中的一员。

对于王佳琦来说，他却是最特殊的。他们相识于网络，王佳琦被他广博的见识和优雅的谈吐打动了，而对方也很欣赏她的学识和涵养。

他们很快就相恋了，王佳琦提出了见面的请求。

很快，沈黎就出现了，他的过分热情让王佳琦有些招架不住。更让她意外的是，沈黎居然和她在同一个学校。

　　见过一面之后，沈黎马上换掉了自己的网络账号。他说，以前为了给王佳琦留下好印象而使了一些小手段，见到真人以后，他决定跟王佳琦坦诚相待。

　　王佳琦有些疑惑，难道他以前跟自己聊的那些东西都是追求女生的手段吗？网络上的沈黎自称住在国外，所以才会这么熟悉那些世上罕见的风景、国外的知名建筑，还有一些有趣的未解之谜……

　　王佳琦的心里有些不舒服。不过，她的困惑没有持续多久，因为沈黎很快就对她展开了追求。

　　沈黎自小就是家里的宠儿，喜欢的东西没有得不到的，性格上就表现为过于强硬。王佳琦一时难以适应反差如此之大的沈黎，一直到毕业的时候，她才在他的鲜花攻势下表示妥协。

　　后来他们毕业了，开始了各自的奔波。这段岌岌可危的感情没有维持多久，因为王佳琦越发觉得不思进取的沈黎和网络上那个独立自主的形象相差甚远。她终于受不了了，开始跟沈黎吵架。

　　有一次，她无意中找到了沈黎以前的账号。沈黎把账号和两个完全不同的密码记在一张纸条上，藏在很隐蔽的地方。王佳琦觉得奇怪，登录进去看了一眼，发现这个账号自他们见面那天起就再也没有使用过，更奇怪的是，账号的登录IP一直是国外的某个地方，只有最近几次是在国内。

　　她有了一种不好的猜测，却又不敢肯定，只跟母亲和表姐诉苦，说自己和沈黎不合适，可能会在近期分手。

　　两人的矛盾越来越多。有一天，沈黎为了解闷喝醉酒，王佳琦替他接了一个电话，那头是一个温润如玉的声音。对方听到王佳琦的声音，突然激动地问你是不是某某某。

　　他说出了王佳琦的网名。

　　王佳琦正大感不解，沈黎醒了，他一把夺过手机朝对方大骂了一通。王佳琦听得很清楚，沈黎叫他"陈暮"，还语气凶狠地警告他不要再接近王佳琦，说什么"这是你欠我的"。

　　王佳琦愣住了。

　　她决定跟沈黎认真地谈一次。没想到沈黎的情绪非常激动，一个劲地质问她是不是就喜欢陈暮那样的人？凭什么好事都让陈暮占了，而他沈黎却什么都没有？

　　王佳琦吓到了，急忙上车逃走，沈黎却趁她不备追了上来。他一直在说一些难听的话，王佳琦不想听，就往城外开去，想找机会把沈黎丢在城外。

　　沈黎生气了，他一边抢王佳琦的方向盘，一边警告她："不要再打歪主意了，你已经是我的女朋友了，这辈子都会是！陈暮算什么东西？他看上的人，我偏偏要抢过来！你死心吧！我不会让你见他的！"

　　王佳琦惊呆了，没发觉自己松开了手。

　　就在这时，轮胎因为方向盘的急促转动而打滑，猛然朝路边的围栏撞了上去！剧痛之中，王佳琦只听见了震天响的刹车声，随后车身又猛烈地摇晃了一下……

　　再次醒来，她选择忘记这段荒唐的过往，忘记沈黎，也忘记了陈暮。

　　只是没想到，这么多年来，她还是没能逃脱各种各样的谎言，有些让她痛苦，而有些……原来是真的想让她幸福。

　　走出记忆馆的时候，王佳琦下意识地闭了一下眼睛。

　　再次睁开眼睛的时候，她环顾了一下四周，周围空荡荡的，又黑又冷。记忆馆内发生的一切都变得模糊了，那些离奇的片段正飞快地离她远去，很快，

她就会以为什么都没有发生过。

　　不，还是有的。

　　王佳琦想起了因车祸而忘记的那些事，她想起了沈黎，想起了那段美好而温暖的初恋，想起了陈暮。

　　原来他们早就认识了，而她却粗心地把他连同那段被人欺骗的痛苦一起忘记了。

　　夜风仿佛听到了她内心深处的话，送来了一个人的脚步声。

　　王佳琦抬起头，只见陈暮正朝自己跑过来，眼里的着急和担忧显而易见。

　　他那么喜欢她，为什么她以前从来没有好好注意过？她一直执着于自己人生中缺失的那部分东西，却没有认真地去看看身边的人。她明知道大家是真的关心自己，却自动选择了忽视。

　　这段时间以来，她因遗忘过去而不安，因得知真相而痛苦，因找回记忆而释然。而陈暮呢？他从最开始的动心，到被亲弟弟夺去了心上人的痛苦，随后再遇王佳琦，那种失而复得的喜悦让他小心翼翼，不希望因为自己一个微小的举动让对方难过。

　　他全心全意爱着王佳琦，处处为她考虑，而这片真心却被晾在了一边。王佳琦一直执着于过去，似乎永远不能从车祸带来的失忆阴影里走出来。

　　"佳琦！"陈暮跑到她面前，紧张地打量了她一番，"你没事吧？对不起，我实在不能放任你一个人大晚上的乱跑……"

　　王佳琦怔怔地看着他，用目光雕刻他脸上的每一个部位，似乎想再一次看清这个人。

　　"佳琦……"陈暮被她的目光看得有些不安，他想去牵王佳琦的手，最后又放弃了。

"佳琦，对不起，我不是故意要骗你的，但事情真的不是你想的那样！是我太急了，我明知道你还没有恢复记忆，却忍不住向你求婚……不过，上次的求婚和明天的婚礼我都是真心的，我不是要报复你，我只是想让你过得更幸福。"陈暮的眼神有些黯然，语气也放缓了，似乎有些难以开口，"我知道那些事你都想不起来了，但我还是想让你知道，我喜欢你很久了。命运让我们一次次错过，可上次找回了你，即便知道你总会有想起那些伤心事的一天，我还是贪心地想和你在一起。"

"佳琦，我弟弟沈黎的事是一个意外，不是任何人的过错。你能不能试着放下那些事，重新跟我在一起呢？"陈暮真诚地请求，"不管多久，我都会等你的。"

王佳琦看着他，眼角不知不觉流下了一滴泪。

"佳琦……"

王佳琦上前一步，主动抱紧了他，嗓音沙哑地说："对不起……"

陈暮一怔，但还是下意识地回抱住怀里的人。他感觉王佳琦的眼泪正顺着自己的脖颈流淌，像止不住的河流，很多，很烫。

"对不起……"王佳琦笨拙地重复，为这一句迟来的告白。

"为什么要说对不起？"陈暮问。

王佳琦张了张口，却哽咽住了。

为什么呢？因为她把陈暮认错了，因为她忽视了陈暮的感受……她想说的话有很多很多。

"这么长时间以来，我没有好好对你……"王佳琦从他怀里抬起头来，轻轻地眨掉眼里的泪水，低声说，"我们回去吧，明天的婚礼还作数吗？"

陈暮完全愣住了，他没想到王佳琦还愿意跟他结婚。

"当然作数……"他喃喃地问，"佳琦，你是不是想起了什么？"

"我已经把以前的事想起来了，你、我、沈黎，我都想起来了。其实他们说得对，遇见你是我这辈子最幸运的事。"王佳琦说着，忽然抬起左手给他看，愧疚地说，"不过，戒指被我弄丢了……"

"没关系！"陈暮连忙安慰她，"戒指丢了，我们可以再买一个，你能重新找回失去的记忆，那才是最重要的。"

王佳琦目不转睛地看着他，两人四目相对，认真而专注地看了彼此一会儿，不知是谁先伸手，他们终于在陌生的街头紧紧地抱在了一起。

记忆有时会说谎，要用心去看清被时光掩埋的真相。爱情有时来得很迟，但总归会来到。

9.

"为什么只要了她一枚戒指？"

记忆馆内，装了半天正经的店员夏云梦离开柜台，身体倚在墙上，一双修长紧致的大长腿交叠在一起，非常惹人遐思。她歪着脑袋看自家老板，眼神明显流露出了不屑。

"刚才那样吓唬人家，我还以为您会要她留下一条胳膊或是半年寿命什么的呢！"夏云梦撇了撇嘴，不断腹诽喜欢装样子吓唬人的老板周稷。

周稷正对着灯光仔细观察手上的钻戒，闻言有些无奈："小夏，我们是正经生意人，你不要把自己想得那么邪恶好不好？"

"我从来不吓唬客人，倒是老板您每次做生意都喜欢夸大其词。"夏云梦耸了耸肩，去柜台找了颗糖含在嘴里，不一会儿又转回了周稷身边，还是没能忍住好奇心，接着追问，"这枚戒指到底有什么稀奇？我们真的没有亏本

吗？"

人类用来求婚的钻戒，价值再高也不过是以数万货币计算，哪里比得上一个人整整三年的记忆呢？

周稷轻轻地转动手里的戒指，透明的钻石在灯光的映照下散发出璀璨的光芒。数道光芒反射到周稷的衣袖上，更为四爪龙纹增添了一丝神秘的色彩。

"这不是普通的钻石，它里面含有传说中朱雀目的成分，朱雀目就是神鸟朱雀的眼睛。古时候有星宿之说，其中一颗星星就是以它命名的。这颗朱雀目已经死去了，但它到底曾是天上星辰的一部分，如神鸟的眼睛一般看遍世间太多生老病死、枯荣起落，渐渐就有了自己的记忆。"周稷将戒指握在掌心，眼底浮现出一丝幽幽的光。

"万事万物都有属于自己的记忆，星星也不例外。"周稷说，"只要和记忆有关的东西，就能和溯流镜相融。"

说完，他拿着戒指走进了雕花铜门。

夏云梦站在他身后，嘴里嚼着糖。她没有跟上去，只是目不转睛地望着周稷消失在雕花铜门后的背影，表情若有所思。

周稷站在溯流镜前，四周是伸手不见五指的黑暗，只有溯流镜的光芒照亮他颀长而孤独的身影。

他把戒指放在了溯流镜上，紧紧地盯着镜面，似乎不想错过任何一个细节。

神秘的溯流依然在永不停歇地流动，不知是否是周稷的错觉，有一瞬间，他看到镜子里的河流停滞了一下，很快又重新流动起来，而流动速度似乎加快了一点儿……

贰

夏末爱恋曲

Rosemary Memory Pavilion

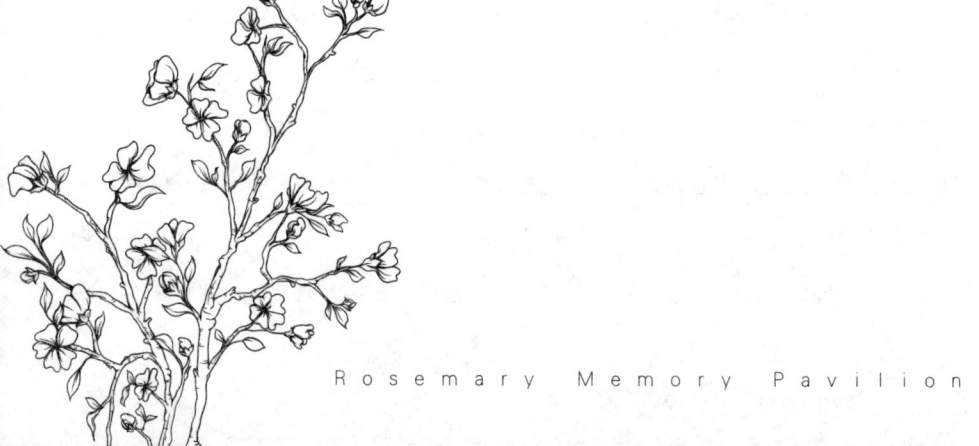

（一）琥珀

1.

Just one last dance

（跳完最后一支舞吧）

before we say goodbye

（在我们决定分别之前）

when we sway and turn around and round and round

（一次次旋转和转身之际）

it's like the first time

（就像第一次相遇的感觉）

……

装修精致的咖啡店内，温婉而浪漫的旋律在每一杯香浓的咖啡间低调徜徉，随着歌曲渐入高潮，女歌手的唱腔逐渐转为绵长悠远，将分离的无奈和痛苦融入了每一个跳动的音符。

落地窗外太阳高照，路上行人匆匆，和优雅静谧的咖啡店格格不入。琥珀坐在最显眼的桌台，望着外面来来去去的人们发呆。她双手交叉轻轻地放在桌子上，恰到好处地压住了一本离婚证书。

大约是她那对浓密的一字眉给人感觉过于强势，再加上她脸上此刻明显流露的冷漠，硬是让服务员对这位知性女士望而却步，转向了另一位长相妖艳的美人。

"一杯锡兰红茶，一杯意式拿铁，不要糖，再拿些奶球过来，谢谢你了。"美人笑眯眯地点完东西，把单子还给服务员的时候还冲他飞了个媚眼，这让社会经验明显不足的小哥脸颊绯红，落荒而逃。

——万水真的是个美人。

即便他是个男人，也丝毫动摇不了他在这个以颜值取胜的时代中的地位。这一点，仅凭他微博上近千万名粉丝就足够证明了。

长而微卷的黑发在脑后拢成一个松松的发髻，两缕纤长的刘海从额际垂下来，很好地修饰了他那张原本就秀气的脸。棕色的眉毛画成弯月的形状，配上一副极具艺术气息的黑框眼镜，极为恰当地突出了那双水润的大眼睛。橘黄色的灯光照在他的薄唇上，深色的唇彩变浅了，却转变为更为让人心动的粉红。

他穿着一件款式花哨的格子衬衫，外面罩着黑色的小马甲，乍一看像极了艺术工作者，但他的眼睛太灵动了，时刻充满着引人注意的神采，哪怕只是轻轻的一个眼神，别人都会以为他在跟自己说话，轻易就被他勾去了心神。

The wine and the lights and the Spanish guitar

（夜光 美酒 吉他琴音幽幽响起）

I'll never forget how romantic they are

（今夜的浪漫 我永远难以忘记）

……

优美而哀伤的音乐还在继续，万水将刚才四处乱瞟的目光收回，投在了对面的琥珀身上，迷离的眸子一如既往含情脉脉，让人意乱神迷。

相较于万水，琥珀的打扮只能用一个词来形容：简单。她剪着干净利落的

短发，身上的衣服一看就是商场打折的时候随手买回来的，几乎没什么能让人格外注意的特色。如果不是她的五官和身材足够出色，很容易就淹没于芸芸大众。

琥珀不是那种显眼的苗条女人，甚至比一般女人要结实一些，但身材比例极好，再加上干净白皙的五官，眉宇间隐隐流露的一抹英气，都让人不敢轻视她的存在。她就像咖啡店里缓缓低吟的旋律，足够安静却也自顾自释放独属于自己的气质。

不管怎么看，他们对于彼此都是极端而矛盾的存在，当初怎么会在一起呢？

万水见琥珀还在走神，眨了眨眼，极为得意地夸赞自己："怎么样？有没有被我的细心感动？可怜的琥珀，你以后应该再也遇不到像我这样对你这么好的男人了，以后的人生不要太绝望哦……"

听了他的话，琥珀终于收回了望向窗外的目光，但只是在他身上淡淡一扫，脸上依然没有什么表情。

"好歹在一起这么久了，我怎么连一滴眼泪都捞不到？"万水轻轻地叹气，"宝贝儿，你真是一个狠心的人。"

大约是被这句久违的"宝贝儿"触动了，琥珀终于用正眼瞧了他一会儿，涩涩地开口："废话就不用再多说了，我们还是下辈子再见吧！"

万水的表情短暂地停在了那一刻，他看着琥珀说完话又不自觉地把头转开了，朝她的侧脸嫣然一笑，点了点头："好吧。"

"之前说好的，这辈子都不要再打扰对方了。"琥珀说完，从座位上站起身来，看着万水冷静地开口，"我会忘了你的。"

万水也跟着站起来，同样压在手臂下面的绿皮本子露了出来，上面有明晃晃的三个字：离婚证。

"再也不见了。"万水看着琥珀，轻轻地说。

这是他们的最后一句话。

琥珀听完他的话，拿起了桌上的本子，低着头离开了。

转身的时候，服务员小哥把刚做好的饮品端上来，见状不禁愣了一下，弱弱地开口："哎……"

琥珀和服务员擦肩而过，随即便听到万水喊小哥结账，但她没有回头。

说了再也不见，从此就把对方当作陌生人。

琥珀紧紧抓着手里的离婚证，快步走出咖啡店。

万水紧跟她的脚步，走出店门的时候还能看见琥珀高挑的背影。他在门口站了一会儿，想了好久才想到要把手机拿出来。

作为一个坐拥近千万粉丝的美妆博主，因为和琥珀的事，他已经几天没有发过微博了。万水状态不好，他不想把这种心情带给粉丝们，但现在琥珀离开他了，除了这几百万个不知身在何方的粉丝，他已经一无所有。

Just one more chance

（再来一次吧）

hold me tight and keep me warm

（抱紧我 给我温暖）

cause the night is getting cold

（因为夜晚越来越冷）

and I don't know where I belong

（我不知道该去往何方）

……

音乐已经到了尾声，女歌手声嘶力竭，试图用最后的温存抵消和恋人分离的痛苦。站在万水的位置，只听见歌声变得越来越小，终是迎来了结束的一刻。

千般婉转万般离愁的歌声没有挽留住爱人，万水在脸上堆起一个和往常相差无几的微笑，点开了微博。他忽视了不停闪烁的系统提醒，用修剪整齐的指甲碰了碰屏幕键盘，敲出了几个字："就在今天，哥哥恢复自由啦！"然后，他打开摄像头，对着自己和身后的咖啡店摆了个角度，正要按下拍照键的时候，发现光线突然变暗了。

万水一脸可惜地收起了手机，抬头看了看天，发现原本太阳高照的天空突然乌云密布，似乎要下雨了。

他把手机塞回兜里，百无聊赖地往前面走去。但他没注意的是，头顶那片乌云像长了眼睛似的，万水往哪里走，它就往哪个方向飘，好像在时刻提醒着他，你失恋了。

这真是无可奈何的一件事。

琥珀的头顶依然艳阳高照，太阳高兴得恨不能把地面上的每个角落都晒成沙漠。琥珀走得很快，面无表情地转过街角。

街角有一家装潢高档的酒店，门口摆了两尊石狮子。琥珀从它们面前走过的时候，石狮子轻轻地发出了"啪"的一声响，马上就变了个表情。仔细一看，原来是脸部开裂了。

琥珀毫无所觉，她捏紧离婚证，脚下越走越快。过去几年的时光犹如电影镜头一般在她脑海里一一回放，随便定格哪一帧，上面都是万水那张风情万种的脸。

好烦，似乎怎么都忘不了。

琥珀甩了甩头，眉头皱得越来越紧，不知不觉走向了一条完全陌生的街道。

周围不知什么时候变得安静了，街道两边不再有来来往往的人群，发传单的临时工不见了，站在店门口招揽客人的经理也不见了，甚至连商店都关门了。

琥珀终于停下了脚步。她站在空旷的路中心，抬头望向了街角唯一亮着灯的店门。

不知现在是什么时间，整条街的商店都关门了，路上冷冷清清的，看不见一个行人。唯一还在营业的店，门口散发着橘黄色的柔和光芒，犹如一个暖洋洋的太阳，既不炽热，也不冷淡，但足以击中每个失落的人心里最柔软的那个位置。

小小的店门独孤地伫立在凄冷的街道上，古朴的木雕门宛如一幅浮世绘风格的图画，上面用繁复而优美的笔法写了几个字：迷迭香记忆馆。

琥珀站在空荡荡的路上，遥望着不远处的记忆馆，似乎在思考什么。很快，她深吸了一口气，快步走向了那扇小小的店门。

"你好！欢迎来到迷迭香记忆馆！"

琥珀一进门，耳边就传来了一个少女殷勤的问候。她抬起头，只见前方一个半人高的柜台，一个笑容甜美的女孩正用叉子蹂躏着面前的一块水果蛋糕，见有客人上门便立即端正姿势，并露出一个让人无法抗拒的微笑。

不过，少女嘴角沾了一点儿奶油，这让她看起来有些呆。

琥珀被这个微笑安抚，心里放松了些许。她环顾了一下四周，发现店里的装修很有意思，就像走进了另一家咖啡店。不过，记忆馆里没有桌台，只有几

张为客人准备的胖胖的沙发，再加上空气里飘浮着淡淡的迷迭花香，整体给人一种很温馨的感觉。

不知何处传来了一阵缓慢而悠扬的乐曲，宛如汩汩流动的河水，轻轻地抚慰每一个来到这里的客人的心灵。

趁琥珀打量店内装修的时候，夏云梦迅速擦掉了嘴角残留的奶油，微笑着问："您好，请问有什么能帮您的吗？"

琥珀回过神来，只见刚才趴着吃东西的夏云梦直起了身子，身高竟然快追上琥珀，可见夏云梦的身材同样出众。

"我想出售一段记忆。"琥珀淡淡地说。

"啊？"夏云梦很少见到这么直截了当的客人，脸上写满了惊讶。

但凡是有需要的人，都能看见记忆馆。然而，如果一个正常人的世界观突然出现了变化，比如多了一部分不属于普通世界的东西，心里总是会有些忐忑不安，所以每一个第一次走进这家店的人总会不自觉地问东问西，至少会一再确认记忆馆的业务范围。

琥珀的反应太过平淡了，夏云梦偷偷地猜测她可能不是第一次来了，又或者，她以前就知道记忆馆的存在。

"稀客到访，真是令小店蓬荜生辉。"店里的一扇雕花铜门打开了，门口的铜铃发出一阵轻响，一个男人从里面走了出来。

眉目含情却略显冷漠，袖口的暗纹隐约透着一股肃杀之气，他就是迷迭香记忆馆的店主周稷。周稷面容清雅而冷峻，有一种复古的美。他看上去很年轻，根本看不出岁月的痕迹。当他走到琥珀面前的时候，琥珀不自觉微微扬起脸——只有周稷这样身高的男人才能压得住她。

"馆主，您认识这位小姐？"夏云梦好奇地问。

"当然，亿万颗不言不语的石头里只有一颗能修行，又需历经千万年的修炼才能修成人形……"周稷看着琥珀，眼神里少有地带上了一丝欣赏和敬意，"即便在三界也是非常罕见的石妖小姐到访，真是令小店不胜荣幸。"

石妖？

夏云梦张大了嘴巴，不禁用探究的眼神打量起一脸冷漠的琥珀来。

面对周稷的揭穿，琥珀毫无反应，表情一如既往地冷静和淡然："我的生意，你做不做？"

"迷迭香记忆馆从来不会拒绝任何人的要求。"周稷点点头，"请问您想出售的是哪一段记忆呢？"

琥珀抿了抿唇，目光看向了别处，轻声回答："我想忘记一个人。"

一个本不该遇见的人。

2.

琥珀，人类名孙琥珀，是一个潜藏在人类社会的石妖。她自化人形的那天起就继承了石头的特点——简单、低调。

她很早就知道身边的世界发生了翻天覆地的变化，现在的主宰者是一种名为人类的群居物种。为了在人类社会顺利地生活下去，琥珀很好地隐藏了自己作为妖的一切特质，努力学习人类的生活方式。她学会了一日吃三餐，学会了跟房东打交道，甚至学会了上网、打电话。最后，她还成功地给自己找到了一份工作。

琥珀就跟石头一个样，能打也能挨打，经过一番折腾和寻觅，终于找到一个职业武打替身的工作。这份工作完全不需要露脸，平时也不用跟很多人打交道，非常符合她低调的行事风格，这让她很满意。

找到适合自己的工作后，琥珀在这种状态下过了很多年，直到两年前的一天——

她平静的生活突然被打破了。

那天，琥珀像往常一样背着包上了地铁。正是上班高峰期，车厢里人很多，到处人挤人，免不了会跟周围的人产生身体摩擦。琥珀非常不喜欢和人类接触的感觉，极力避免和别人有肢体接触。她左看右看，想找一个稍微空旷一点儿的地方站着，冷不防看见了让她极为不爽的一幕。

在她的左前方，有一个穿短裙的女孩子吃力地抓着吊环，另一只手紧紧地护着胸前的包，完全没注意到身后有个人把手机伸进了她的裙底。

那人背对着琥珀，如果不是他的手在女生裙子底下不正常地晃动，琥珀也不会注意到他。琥珀往前挤了一步，凭借身高优势一眼就看到了那人的手机屏幕在不停地闪动，显然已经在偷拍了。这个点人们都赶着上班，一直没有人注意到有人在进行不道德的行为。

琥珀怒不可遏，奋力拨开面前的人，冲到那人身边大喊了一声："色狼！"

她没有给那人任何反应时间，一把抓住他的胳膊举了起来，硬是夺过了他的手机。

"你，你想干什么？"那人顿时慌了神，梗着脖子冲琥珀大喊。

"败类！"琥珀也不跟他废话，直接一拳招呼过去，把那人打得后退了几步。

人群一下让开了，居然腾出了让色狼摔倒的空间。

"给你。"琥珀把手机塞给了那个被偷拍的女生，然后便朝色狼走过去。

"你……你打人！"色狼摸了摸青紫的下巴，顿时来了劲，喊得更夸张了，"这个女人有精神病！她抢我手机，还打人！快抓住她！"

人们被这突然的变故搞蒙了，但谁也不敢惹杀气腾腾的琥珀，所以一时半会儿没人说话。

正在这时，有个声音提醒了一下那个女孩："小妹妹，你快看看手机里的东西。"

女孩反应过来，打开相册看了一下，顿时脸色大变，怒骂："这个人偷拍我！"

"哇！"人群又是一阵哗然，都把注意力投向了那个色狼。

色狼见阴谋败露，脸色骤变，急忙想逃离这节车厢。

只不过，有人比他更快！

琥珀轻轻松松就把那人的衣领拎了起来，这一回照着他的脸打过去了。在场的人都听到了拳头碰到肉体的声音，不禁浑身一抖。

色狼满脸痛苦地捂住鼻子，鲜血直流。

"我报警了！"被偷拍的女孩强忍住要加一拳的冲动，拨打了110。这时，围观的人终于站出来帮忙了，有几个男生主动上前抓住了那个色狼，还有人拿出了手机，要把色狼的形象曝光在网络上。

琥珀见状，也就没有再打下去。女孩过来跟她道谢，她毫不在意地摆了摆手，依旧一脸冷漠。

"这个姑娘好帅啊！"

"她真勇敢！好想要这样一个姐姐……"

车厢里的人偷偷地打量着她，不停跟身边的人窃窃私语。

琥珀浑身不自在，忍不住朝他们看了过去，这一眼突然发现有个人正用手

机对着自己。

琥珀皱眉，那人立即把手机放下了，露出了一对隐藏在黑框眼镜后的大眼睛，眼睛里闪动着灵动的光芒。他见琥珀看过来，自然而然地朝她点头致意，末了还抛了个媚眼。

什么人啊！

琥珀气呼呼地把头转了回来。她看到这种头发比自己还长的男人就头大，他们总是会有很多奇怪的想法和要求，何况这个男人还长得很美。

是的，他很美。

琥珀也很奇怪，为什么自己脑海里会蹦出这个词。

这个男人将过肩的长发拢在了脑后，只留了两缕弯曲的刘海修饰脸型。眉毛一看就是精心修饰过的，棕色的弯月形状特别衬他的皮肤。他的嘴唇很薄，但唇型很好，加上淡淡的唇彩，在黑框眼镜的对比下更显鲜艳动人。

他斜斜地站着，手上拎着一个手工编织的挎包，脖子上围了一条当季最新款的纯色围巾，整个人仿佛化身行走的潮流。

隔着几米远，琥珀都觉得能闻到那人身上的香水味，跟剧组里的那些造型师一模一样，总之不是她喜欢的类型。即便那人见好就收，琥珀也对他没有好印象，接下来再也没朝那边看一眼，一到站就率先走了出去。

这天的事情在琥珀看来只是一件小事，但没想到从第二天开始，她的生活就变得奇怪起来。

一开始是有几个人跟在她身后，对着她指指点点，好像还很兴奋的样子。琥珀莫名其妙，凶狠地瞪了过去，把人吓走了。

可没想到，接下来的情况更糟了。

上下班途中，琥珀总感觉有人在偷看她，走在大街上也时不时有人上前说想认识她，手机也接到了一些奇奇怪怪的电话，有请她加盟跆拳道培训班的，甚至还有请她做保镖的。

对于这些，琥珀都用最冷漠的态度拒绝了。直到有一天，她发现有人在跟踪自己，还扛着一架摄影机……

这下琥珀火了。

她劈手夺过了那人的摄影机，大声质问："你在干什么？"

"对……对不起！"那人一看就是大学生，被琥珀一呵斥，脸色都变了。

琥珀瞪着他。

"我……我想找姐姐做个采访，又听说您拒绝了很多人，我只好出此下策……"大学生觑着琥珀的脸色，说话支支吾吾的。

"为什么找我做采访？"琥珀一脸的莫名其妙。

"咦，您不知道吗？"大学生大吃一惊，"姐姐，您这两天在微博上可火了！有个粉丝好几百万的博主拍了您在地铁里教训色狼的照片，转发量特别高！现在网上都在夸您呢，很多男生都想找您做女朋友，小女生也特崇拜您！"

"什么……"听到这个回答，琥珀竟然失语了。

"把东西都给我删了！"她把摄影机塞回给紧张的大学生，拿出手机打开微博，搜了下热门，脑子"嗡"的一下就热了！

彪悍女孩痛揍地铁流氓。地铁上有个偷拍女生裙底的臭流氓，就是图一到图三的这个人，大家以后看见了要小心！流氓的下场很惨，因为我们身边出现了一位非常非常帅气的女英雄！妹子们看过来，被这样的人保护，你们心动吗？

　　这个叫万水的博主发了这样一条微博，还配上了九张图，前三张是那个色狼的照片，后面六张全是琥珀！有她挥拳的姿态，有她拎着色狼衣领的霸气特写，还有她站得笔直的全身照……不得不说，这个人的拍照技术真是好，在那么拥挤的环境下，他还是把琥珀的高挑身材和大长腿拍出来了。

　　琥珀看了下转发量，不过短短两三天的时间，居然三万多了……

　　大家的反应几乎都是"啊啊啊！这个妹子太帅了！""妹子，我要娶你！""嘤嘤嘤，求姐姐电话号码！""我要嫁给她！我妈会同意的！""我就一个问题，姑娘是单身吗？"……

　　网上的声音异常统一，几乎都在痛斥流氓行径，提醒女孩子注意安全，并纷纷给琥珀点赞。

　　原来网上有这样一条微博……

　　琥珀总算明白了为什么这两天大家看她的眼神都怪怪的，还有人打来莫名其妙的电话，原来是因为她红了。

　　她是一块立志一辈子低调做妖的小石头，居然被人送上了社会话题的热门！

　　琥珀当即就怒了，她倒要看看，是谁敢偷拍到她头上来！她的手指快速滑动，很快就把这个叫万水的家伙的底细翻了个底朝天。

　　五颜六色的化妆品差点儿晃瞎琥珀的眼睛。作为一个几乎不化妆的女生，琥珀压根不明白这些东西有什么好研究的，可这个人不但孜孜不倦地分享大牌化妆品的当季新款，分享使用心得，还专门拍了好多视频来教女生怎么化妆！

　　除此之外，他喜欢跟粉丝分享生活中的一切琐事，走到哪儿就拍到哪儿，连昨天晚上喝醉酒之前吃了什么都要拍照留念。正因为如此，琥珀一眼就认出

了这个家伙。

这个男人有时候戴眼镜，有时候不戴，但无论他的妆容和衣着怎么变，有一点是短时间内不会变的，那就是头发。

说来好笑，万水成为知名美妆博主是因为他的美貌，但琥珀根本欣赏不了他的美，而是简单粗暴地将他概括成——一个头发比女人还长的男人。

琥珀默默记下了万水认证信息上的单位名字，决定去找他算账。

万水在业内非常有名，随便找个剧组的化妆师一问，就问出了他所在公司的信息，这大大方便了琥珀执行"复仇"计划。她特意挑了个收工早的日子，一下班就背着包跑去了万水的公司。

她不得不抓紧时间，因为这两天连剧组里都有人跟她问东问西了！

万水是一个高级化妆师，专门给时尚杂志的大片模特儿打造妆容。除了本职工作，他还在网上帮一些品牌化妆品打广告，收入颇丰。他上班时间非常自由，不接活儿的时候，连个人影都见不到。琥珀算是走了狗屎运，一到他们公司就刚好逮到了人。

没有早一步，没有晚一步，琥珀到的时候，刚好看到万水被一个女人堵在停车场的入口。

那个女人化着非常夸张的妆，浓到估计连她妈都快认不出来了。她大大咧咧地伸开双臂，将万水拦在地下楼梯的入口，嘟着一双宛如血盆大口的红唇，眼看就要贴上去。

"住手！我要叫保安了！救命！"万水的背紧贴着墙壁，脑袋极力往旁边侧过去，表情几乎要崩溃了。

"你就让我亲一口嘛！就亲一口！"女人用手撑着墙壁，防止包围圈里的人乱跑，闭着眼睛又把嘴凑过去，嘴里还嘟囔着，"万水哥哥你太帅了！我真

的好喜欢你哦……"

万水被她身上传来的劣质香水味熏得几乎要吐了，想伸手推开她又怕伤到人，十分纠结。正在这时，他侧头的时候发现有个人从他们附近经过，正一脸震惊地望着他们，马上挥手求救："看！我女朋友来了！"

说着，他拼命地朝路人使眼色。虽然不知道那人是谁，但万水十分自信地认为对方一定认识自己。

琥珀冷眼看着那个妖艳的男人被一双更加妖艳的红唇围堵，还腾出时间来对自己放电，只觉十分无语。

场面虽然尴尬，但琥珀很难装作什么都没看到，当下三两步就走了过去，把那个正在拼命往万水身上凑的女人拎起，轻轻地推开。

女人被硬生生推离了万水身边，立即恼怒地回头，瞪着来人："你是万水哥哥的女朋友？"

琥珀十分淡定地回答："不，我是他妈。"

得救的万水第一时间躲到了琥珀身后，正忙着整理衣物，一听这话乐了，扑哧一声笑了出来，故作惊讶状掩嘴惊呼："妈呀！您真是万年不老的小妖精哦！我下班了，咱们回家吧！"

说完，他笑嘻嘻地就要去牵琥珀的手。这一牵却落空了，因为那个女人一听琥珀的话就知道她在胡说八道，恼怒地要冲上来打她，琥珀便迎上去了。

琥珀毫不畏惧地迈了一步，轻轻松松就抓住了女人挥过来的拳头，将她拖上几个台阶，顺手扯过女人连衣裙上的腰带系在了楼梯的栏杆上。

"你想干什么？喂！"女人不知道琥珀做了什么，只发现自己突然不能动了，扯了两下没把腰带扯开，不由得破口大骂，"居然跟我抢万水哥哥！你这个不要脸的女人！快放开我！"

做完这一切，琥珀站在高一级的楼梯上回头，留了个侧脸给万水，冷冷地说："你还不快走？"

万水还保持着要去牵琥珀手的姿势，呆在了原地。他眨动着长长的睫毛望着居高临下的琥珀，眼睛像是在发光，心脏一片柔软，连带着唇边也流露出了温柔的笑。

"原来是你呀！好帅的姑娘，我都快爱上你了。"他朝琥珀飞去一个媚眼，随即迈上一个台阶，跟她肩并肩站在一起。

他站上来的时候，琥珀才发现万水比自己还高一点点，不由更加纳闷这个男人怎么这么……不像个正常的男人。

万水见她走了一下神，以为她被自己的美貌惊呆了，心里越发开心："你也爱上我了吗？你看我们俩就是传说中的郎才女貌，简直是天生一对！"

狗嘴里吐不出象牙。

琥珀瞪了他一眼，冷冷地转身，二话不说，走了。

万水很少遇到对自己的美貌无动于衷的女人，好一会儿才回过神来，马上追了上去。

他也有一双大长腿，很快就追上了琥珀，不停在她耳边问来问去，像一只嗡嗡叫的蚊子。

"这位帅气的姑娘，你千里迢迢来找我，不好好看我一眼真的好吗？这样真的好吗？"

琥珀忍无可忍，当即停下了脚步，回头怒视万水："我是来找你算账的！"

万水见她终于肯理自己了，心里正开心呢，笑眯眯地回答："算账？好呀！"

3.

琥珀直截了当地说明了自己来找万水的缘由，并要求他删掉微博。

听了她的话，万水咬着吸管说："好啊！"说着，他拿出了手机，登录了自己的微博账号。

"不过……"万水把"彪悍女孩痛揍地铁流氓"这个热门话题拿给琥珀看，不以为然地说，"复制并发表了这条微博的账号有成百上千个，你要一个个去找他们删除吗？"

琥珀："你……"

她倒是真没想过这个问题，

两人坐在一家冷饮店里，万水一边咬着吸管喝果汁，一边晃动着两条长腿，煞有介事地说："我知道这件事给你的生活造成了影响，我愿意赔偿！把你的作息时间表给我，以后我接你上下班好不好？"

琥珀摇头："我不需要保镖。"

"扑哧！"万水又被她一本正经的表情逗乐了，笑得差点儿把果汁喷出来，忍不住说，"孙小姐，我是在追你！"

琥珀一脸狐疑地打量了一下万水，对方全身上下都是国际大牌的当季新款，每天出门都要化妆喷香水，一条围巾都够自己买十几件衬衫了，再看看自己，T恤加跑鞋，完全不是一个世界的人！

幸好她早就见识过万水这种满嘴跑火车的风格，索性没有接这个话题，而是用表情表达了自己的态度。

"我是说真的！"万水往她身边凑了凑，换了一种十分认真的表情分析道，"孙小姐，你是我见过的最有个性的女孩子，超有魅力的！别看我们俩外表迥异，你听说过性格互补吗？我这个人虽然喜欢热闹，但也很欣赏你这样安静又有个性的女生啊！第一次见到你的时候，我就觉得你与众不同，简直就是一个自带圣光的天使！何况你今天还救了我。像你这样善良热情、又有一副好身手的女孩，真是让我……"

"自带圣光的孙小姐"听不下去了，她默默地结了账，用一句"我先回去了"打断了万水的自说自话，离开座位就要走。

"孙小姐，等等我！"万水赶紧追了出去，大喊，"万一以后又有太过热情的粉丝骚扰我，我还可以向你求救吗？"

琥珀顿时停下了脚步，似乎在犹豫什么。

万水看着她的背影偷笑。他早就看穿了，琥珀这个人看似冷漠，其实她只是不喜欢跟人打交道，事实上，她本人是一个非常热心的人，所以每当她想狠狠地拒绝别人却又常常不忍心。

正是这点儿不忍心，简直帮了万水的大忙！

琥珀不太情愿地答应了他，以后如果有安全问题可以找她帮忙。

接下来她的生活平静了两天。她天真地以为自己摆脱了一个大麻烦，事实证明，她的确很天真。

新的一周开始了，琥珀一如往常去上班。收工的时候，她一走出更衣室就看见很多女孩子挤在一起窃窃私语。还不知道发生了什么事，她就听到不远处有个声音传来："孙小姐！"

一个颀长的身影斜倚在柱子上，正低头玩手机，看见琥珀出来，那人放下手机朝她招手，还从背后变出了一朵玫瑰。

"下班了吗？"万水朝琥珀款款走来，"请问我有这个荣幸和您共进晚餐吗？"

琥珀目瞪口呆，然后选择了——落荒而逃！

万水居然打听到了她的联系方式和上班地点，开始大张旗鼓地搞袭击！琥珀本以为他那句"追你呀"是玩笑话，但没想到他真的实践起来了。

琥珀不知道万水看上了自己哪一点，但突然被他弄得连带自己也变成了人群注目的焦点，她觉得有点儿慌，只能想尽办法避开万水。

不过，琥珀就算走在路上也会被他乘虚而入。比如某天下班，她正庆幸自己逃过了一劫，走在大马路上突然被一辆个性张扬的红色跑车跟踪了。车窗摇下，万水那张欠揍的脸露了出来，他笑眯眯地问："嗨，美女，要搭车吗？"

琥珀直接无视了他，径自进了地铁。

不料万水也跟了上来，在她耳边叽叽喳喳地说："你说我花那么多钱买那玩意儿干啥呢？三天两头就要坏一次。还是孙小姐有眼力，早就看出了那车不行……"说着，他还唉声叹气起来。

琥珀无语地看着他，他立马露出了更哀伤的表情，好像在说"你要是再不理我，那我就太可怜了"。

琥珀拿他没办法，只好采取以不变应万变的办法，想等万水自己玩腻了，主动离开了事。

没想到一来二去，几个剧组的人都认识万水了，两人的生活交融得比以前更深了。琥珀担心万水的死缠烂打会给自己的生活造成比上次更恶劣的影响，但地铁事件平息之后，她的生活又逐渐恢复了以前的状态。

她特意去看过万水的微博，发现他没有暴露自己的存在，只是在某天兴奋地说过一句"我好像喜欢上了一个人"，随后，他拍了些边边角角的照片，比如琥珀跑鞋的一部分，摄影棚外面的墙壁一角，配上含糊不清的话，什么"今天看起来很精神""又在路上偶遇了一位美女""哇！吊这么高不会出问题吗"之类，让人摸不透他的想法。

如果不是他依然隔几天就会发一篇化妆教程，琥珀都怀疑他要改行了。不过，看到他别有用心地记录这一段特别的生活状态，又巧妙地隐藏了自己的存在，琥珀的心渐渐放松下来了。

不管怎么说，这个人还是很尊重她的，理解她不愿意曝光的心思。

当然，琥珀不会傻到真的以为自己应该答应万水的奇特要求，她总觉得，从他们俩的生活圈子来看，自己对于万水来说只是一时新鲜的存在，很快就会被遗忘。

只是，万水的毅力未免太好了点儿，自从他俩认识到现在都好几个月了，琥珀又一直是爱答不理的态度，怎么一点儿都不见他有放弃的意思呢？

"咱们琥珀的魅力有这么大吗？"

"对啊，这都小半年了吧？我一开始还以为他是来追哪个小演员的，没想到是看上那个呆呆闷闷的孙琥珀了！"

"啧，你这话我可不爱听。琥珀对人挺好的，有个人疼她我也开心，只不过……这人跟她也太不搭了吧！"

"对对对！我也这么觉得，还是希望他们赶紧撇清关系！要不然，琥珀以后得吃亏！"

"……"

从洗手间出来，琥珀十分尴尬地跟几个同事打了个照面。她们也觉得背后议论人不太好，何况还被当事人听了个正着，不由得纷纷解释起来。

"琥珀，对不起，其实我们没别的意思，就是觉得你和那位万水先生……你们到底是什么情况？"

琥珀笑了一下，表示没放在心上。不过，这问题倒是把她难住了。她和万

水是什么情况呢？这个问题似乎应该去问万水。

"那个，我们直说了你别生气啊！我们觉得吧，你平时特别低调，穿着打扮又简单，性格也安静，相比之下，那个叫万水的……太花哨了吧！"同事做了个挤眉弄眼的表情。

琥珀忍不住笑了，她十分赞同这个说法。

"我找个时间跟他谈谈吧。"琥珀想了想说，可走出去一看又犹豫了。因为她看到万水正靠在车上，跷着二郎腿，膝盖上摊着个笔记本，手里那支笔不知在写写画画什么，神情难得地正经。

他在等琥珀收工，这段时间等成习惯了，一切看上去都那么自然。

看他神情专注的样子，完全没有注意到有人来到了身边，琥珀忍不住问："你在做什么？"

听到她的声音，万水立即收起了笔记本，殷勤地打开车门，请琥珀上去。

"琥珀小姐，今天晚上吃寿司好不好？"

琥珀对食物一向不挑剔，几乎都是由万水一手安排。不过今天琥珀迟疑了一下，选择了一个比较安静的环境："吃牛排吧。"

万水眨了眨眼睛，笑着说："好呀。"

吃饭的时候，万水又拿出了笔记本，还调出了手机里的照片，一边看照片一边写写画画。

琥珀抿了几口红酒，突然问："你对我是认真的吗？"

"对呀。"万水想也不想地回答，随后又沉浸在了自己的世界里，嘴里嘟囔着几个模糊不清的词，依稀是"挑这时候上市""催命呢""打扰我和琥珀吃饭""讨厌的家伙"之类。

"你很忙吗？"琥珀问。

"最近要推一款新品。"万水抬起头来，笑眯眯地看着她说，"我要赚钱买大房子，养我的琥珀小姐。"

琥珀真是拿他没办法，看他这么忙，也没找到合适的机会说话。两人吃完饭，万水就送她回去了。琥珀正琢磨着要不周末主动约万水出来玩好了，公司却安排了新的拍摄任务。

他们接了个中外合拍的项目，要去郊外取景。琥珀要替女主角演一段被坏人强行拖上车带走，最后还要从车上跳下来昏倒的戏。

几个人带着简陋的道具到了取景地，导演让群演先彩排一遍。按照剧本内容，琥珀被几个男演员拖上车，车子驶向了远方。半路上，琥珀突然推开了一个抓住她胳膊的男人，从车上跳了下去，翻滚了几下，眼睛一闭，假装晕倒了。

琥珀等着导演喊"卡"，可是等了半天都没动静。她忍不住睁开眼睛，发现身边空无一人，演员、导演、摄影师全都不见了，刚才那辆道具马车一直往前跑，根本就没有回头。琥珀很纳闷，往回走了一段路，发现刚才临时搭的拍摄基地也不见了。

什么情况？

琥珀呆住了！她望着空无一人的山道，有些怀疑自己刚才是不是出现幻觉了？他们不是来拍戏的吗？为什么一个人都不见了？

"去哪儿了……"琥珀嘀咕着，把这段路来来回回走了几遍，还是没见到一个人。

难道她在人类社会生活太久了，真的开始出现幻觉了？不然，一个剧组的人怎么会在短短几分钟内全部消失呢？除了她，这里还有别的会吃人的妖怪吗？

琥珀胡思乱想着，累得蹲在地上，耐着性子等了一会儿，依旧没有人来。

没办法，她只好一个人往回走。在荒无人烟的山道上走了一会儿，琥珀突然有点儿失落。在人类社会里生活了很久很久，她一直没有交到什么要好的朋友，像今天这种情况，她突然出了意外，竟然连一个可以倾诉的人都没有。

也许可以跟万水说说，不过……

琥珀试着想象他为自己愤愤不平的样子，脑海中浮现出一个肢体语言特别夸张的万水，不由得乐了。

不对不对，他不是这样的。那应该是什么样呢……

正想着，前面突然传来一个耳熟的声音。

"琥珀小姐，我来啦！"前一秒还出现在想象中的万水突然出现了，他驾着一辆中世纪风格的马车，兴高采烈地挥着鞭子朝她赶过来。

琥珀愣住了。

万水穿着一身剪裁得体的燕尾服，戴着高高的礼帽，整个人变成了欧洲绅士。不知道他从哪里弄来了一辆马车，车厢是金色的，雕着精致的花纹，帘子是海蓝色的，风一吹就显得特别梦幻，看上去很贵的样子……

琥珀目瞪口呆地看着万水来到自己面前。

"吁……"

万水跳下车，走到琥珀面前弯下腰，伸出戴着白色手套的右手，彬彬有礼地问："迷路的琥珀小姐，请问我有这个荣幸送您回家吗？"

琥珀有点儿晕："你是……万水？"

"对呀。"万水笑眯眯地说。

"那……"琥珀不知道该说什么了。

"我是来接你回家的。"万水做了个"请"的手势，"请上车。"

琥珀恍恍惚惚地上了那辆感觉像是道具车的马车，一进车厢，发现里面铺满了玫瑰。浓郁的花香扑面而来，琥珀终于清醒了点儿。

欧洲绅士的打扮、造型夸张的马车、铺了满满一车厢的玫瑰……只有万水才想得出这些古里古怪的点子！

"你……"琥珀正要问这是怎么回事，一转身就看到万水在自己身后单膝跪下了。他从口袋里掏出一个精致的盒子，打开后，里面是一枚款式精巧的戒指。

"亲爱的琥珀小姐，你愿意跟我回家吗？"万水朝她抛媚眼。

"这是干什么……"琥珀呆呆地看着他，胸膛里的那颗心陡然乱跳了起来。

"求婚呀。"万水认真地说，"琥珀，我喜欢你，嫁给我吧！"

风吹动他鬓边的乱发，却扰乱了琥珀的思绪。她本以为万水只是图一时新鲜，却没想到他为了自己居然走到了这一步。

结婚？和一个人类吗？

"我……"琥珀有点儿不安，她不知道该怎么办。

认识万水之后，她一直很嫌弃他的性格，但不得不说，和万水在一起的时候，她总是感觉很舒服。琥珀隐隐觉得，万水那天在冷饮店说的话是有道理的，他们虽然是极端矛盾的个体，但又是互补的，当双方在一起的时候，各自忙着自己的事，从不干涉对方，丝毫不觉被干扰。

可是，和一个人类……

"我们可以的，琥珀！"万水似乎知道她在想什么，眼里满满的都是诚意，"我会好好照顾你的，至少让我试一试吧，好不好？"

在人类社会生活多年，琥珀一直过着一个人的日子，有过很多寂寞的时

刻，她不是没有过找个人一起生活的念头，但是……万水？

此刻的万水单膝跪地，双手奉上一枚精心挑选的戒指。他目光灼灼地看着琥珀，眼里的真挚几乎能把石头的心焐烫。

琥珀望着他，脑子一时迷迷糊糊的，居然不自觉地点了一下头。

"太好啦！"万水高兴得跳了起来，一把抱住了琥珀，在她脸上狠狠地亲了一口。琥珀浑身僵硬，幸好万水很快就放开了她。他十分虔诚地给琥珀戴上戒指。

然后，他用手机给琥珀的手拍了照，发了条微博。

"求婚成功了，哥今天是世界上最幸福的人！"

粉丝在底下一片哀号。

万水才不管，他开心地驾着马车往回跑。一段路后，琥珀看见了剧组的人，他们全都趴在屏幕前，指着画面里的两人笑。马车过来了，众人纷纷站起来，朝万水和琥珀鼓掌。

万水牵着琥珀跳下马车，朝众人鞠了一躬："谢谢各位的帮助！"

看到众人笑得见牙不见眼的，琥珀才反应过来，原来这家伙居然买通了整个剧组！

她居然就这样上了贼船！

回去的路上，琥珀忍不住问了万水关于求婚的事，却听见他语气凉凉地说："那几个不靠谱的家伙把人带得太远了，根本不是我们之前说好的位置，害你等了好久。他们有没有想过，万一我不会骑马怎么办，让你一个人在那里喝西北风吗？"

"那你为什么要用马车啊？"琥珀简直不能理解，"直接开车过来不是更快吗？"

　　"那就没感觉啦！氛围很重要的！"万水说，"你们不是刚接了个戏吗？我顺手借用了一下道具，稍微改装了一下，非常符合你一切从简的风格吧？"

　　"一点儿都不简单好不好……"琥珀抚额。

　　"哎呀，你有没有被蚊子咬到？"万水突然大呼小叫起来，随即翻起了包包，"可怜的琥珀，你一定等了我很久，那边有蚊子的！幸好我带了药水，来，抹一抹……"

　　万水从包里拿出药水瓶，一脸期待地看着琥珀，要给她上药。

　　琥珀无奈地想，只能先这样凑合着吧……

（二）温柔

4.

琥珀并不排斥结婚，因为找个人一起生活有利于她隐藏真实身份。不过结婚是大事，这个过程会牵扯出许许多多意想不到的麻烦，比如婚礼。对于琥珀来说，婚礼最大的问题就是双方的父母应该到场，而当万水问起她父母的时候，她有点儿紧张，张口撒了一个十分蹩脚的谎。

"其实……我是个孤儿。"

万水看向她的表情立刻就变了，一脸心疼地说："可怜的琥珀，你一定过得很辛苦吧？没关系，以后有我疼你！你爸妈来不了也好，反正我爸妈都在国外，他们都说了没时间来！"说完，他十分爽快地划掉了清单上的四个名字。

琥珀觑着他的脸色，完全没想到这一关这么容易就过了。万水的反应太爽快了，甚至没有一点儿怀疑和追问的意思。琥珀虽然庆幸自己逃过了一劫，但同时又感觉怪怪的。

她试探性地问："既然双方父母都来不了，那我们办个简单的婚礼吧？"

"好啊，你高兴就好。"万水笑眯眯地说。

咦，这人怎么这样！

琥珀渐渐发现了，原来万水在某些方面是一个不太靠谱的家伙！他对很多重要的事都表现得毫不在乎，换作一般人，估计要好好教训他一顿了，不过他的行事风格倒是很对琥珀的胃口。

就算结婚，两个人也保持了一定的距离，互不干涉对方的隐私，这对琥珀来说是最安全的状态。

商议完了，两人把婚礼的时间定在相识一周年的纪念日。那会儿刚好过了新年不久，趁着过年的喜庆，他们凑合地办了个简单的婚礼，只请了几个要好的朋友和同事，意思一下就算过了。

婚后，两人搬进了万水准备的大房子，接下来的计划是度蜜月。不出意料，两人又有了不同的想法。

"我们可以做点儿与众不同的事，比如去沙漠旅行！"琥珀说，"阳光、大漠、风沙、绿洲……多美好啊！"

"天啊！"万水表情夸张地说，"谁会想去沙漠里度蜜月？琥珀，你的脑袋里到底装了什么？那种恶劣的环境和气候对皮肤很不好的，乖，我们去普吉岛玩吧！"

琥珀皱眉，一想到那种全是水的地方，她就浑身不舒服。作为一颗石头，琥珀还是想跟石头们亲近亲近。

"普吉岛……"她假装思考了一会儿，一脸冷漠地说，"我不喜欢。"

"哦——"万水痛苦地捂脸，发出了一阵哀号，然而他发现琥珀无动于衷，只能装作讨好的样子凑上前去。

"琥珀，我的宝贝儿琥珀，你看我……"他坐到琥珀身边，示意她看过来。然后，他慢慢地解开衬衫的扣子，一颗、两颗……表情极尽挑逗。

"人家的皮肤花了好多心思才保养得这么好，那些沙子啊、太阳啊、风啊都会对皮肤造成严重的损伤。你摸摸看，这么完美的皮肤，你忍心看着它受到伤害吗……"他抓起琥珀的手，轻轻地按在自己裸露的胸膛上。

琥珀真是拿他没办法了！两人刚刚结婚，她还没习惯和伴侣太亲密的身体接触，当下脸颊就红得像西红柿。

"要死了你！"琥珀赶紧抽回手，脸上的燥热还在一阵阵涌来，她只好假装生气地从沙发上站起来，背对着万水说，"好了好了，去吧去吧！"

看到她羞涩的样子，万水笑得在沙发上打滚。琥珀真的好可爱！万水有信心，度完蜜月，他们的关系一定会更进一步。

为此，他计划了很多内容，比如他会选择一些不擅长的项目，然后就有借口全程抱着琥珀当保护伞了。再比如他们可以在沙滩上看夕阳，当太阳的最后一丝亮光从地平线消失，那时候的气氛最适合接吻了。他还准备订一个能看到星星的海景套房，其用意不言而喻……

反正琥珀被说服了，他有大把时间去实行这些计划。

万水正得意着呢，可惜人算不如天算，他依照琥珀的性格制订了大大小小十几个计划，万万没想到的是当事人一下飞机就打了个喷嚏！

"怎么了？"万水立即关切地问。

琥珀摇了摇头，拖着行李箱上了出租车，结果，一到酒店就倒在了海景套房的床上。

"琥珀！"万水看了看她的脸色，有点儿着急，"宝贝儿，你病了吗？"

琥珀用手掌在鼻子前扇了扇风，虚弱地说："海风吹得我不太舒服……我想我可能感冒了。"

"这……这……"万水看了看外面的阳光，一脸郁闷地说，"这个季节怎么会感冒呢？你的身体一直都很好，一到海边就病了，会不会跟水犯冲啊？"

琥珀有点儿无语，心想还真是被你说对了。她钻进被子，哼哼了几句："你去玩吧，不用管我了，我睡一会儿就好。"

万水无语。

媳妇都病倒了，他怎么去玩啊！万水气呼呼地把行李往地上一丢，大声说："不去！"说完就开始在房间里翻箱倒柜，吵得病人睡不着觉。

"你在做什么？"琥珀从被窝里探出头来。

"我烧了点儿开水。"万水说，"你好好休息，我去买点儿药。"

"嗯……"琥珀看了他一眼又躺下了。她是真的不太舒服，这里水分太重，她感觉身体沉甸甸的，浑身上下提不起劲，脑袋也晕晕乎乎的，只能躺着了。

刚要睡着的时候万水回来了，端着一杯热水来给她喂药。琥珀看了他一眼，就着他的手把药片吃了，重新躺下去的时候，她有些愧疚地说："对不起啊……"

"对不起什么？"万水感觉莫名其妙，"生病又不是你的错。"

"不能陪你一起玩了。"

万水低下头，亲了亲她发烫的额头，笑着说："想什么呢，宝贝儿。蜜月只要两个人待在一起就好，你现在能陪着我就够了。"

他把杯子放好，掏出手机问："你想吃什么？我去让他们做。我看看这里有什么好吃的，等我报给你啊……"

他站在落地窗前，顺手把床头的灯调暗，然后开始专心致志地报菜名。

琥珀躺在床上看他，颇感惊奇地发现万水的确是属于在男人堆很好看的那一类，虽然他对生活比女人还讲究，一天到晚尽找麻烦，但一旦遇到大事，他却能表现出一个男人的担当。

就像今天，琥珀以前都没发现万水会这么细微地照顾别人。她忽然就心安了，之前一直觉得自己和万水的婚姻不太靠谱，但万水让她感觉心里暖暖的，

说不定真的可以长长久久。

一个星期的时间转瞬就过去了，琥珀病好的时候，两人的婚假也快结束了，她几乎完美地避开了所有蜜月期的安排。回到两人居住的Z市，万水不太放心她的身体，帮她多请了两天假，自己则拎着喜糖去了公司。

"巧克力？你送我的？天啊，我好开心！"杂志的御用模特阿曼惊呼，伸出涂着鲜红指甲油的纤纤玉手接过了万水的礼物。

"大家都有份哦！"万水眨眨眼，又去了别的同事身边。

"万水这是遇上好事了？"阿曼迈开小碎步跟了上去。

一位相熟的同事接过巧克力，轻轻地瞟了阿曼一眼，笑着说："我看到万水发在朋友圈的照片了，普吉岛哦，是和娇妻度蜜月吗？"

"嗯。"万水一脸幸福地回答。

"蜜月？"阿曼心里酸酸的，忍不住说，"万水，你上次在微博说跟人求婚了，我还不相信，你……真的结婚了吗？"

万水形象好，待朋友也大方，何况还是个网红，公司里对他有意思的人不少，阿曼就是其中一个。虽然万水早就在微博上公开说过自己有喜欢的人，但阿曼还是不愿意相信他已经结婚的事实。

以万水这种性格，结婚的对象怎么也应该是圈内人吧？不然怎么玩啊？可是，时间这么长了，在圈子里混得如鱼得水的阿曼却从来没听到过相关的八卦。

"万水，既然你结婚了，什么时候把新娘子带出来给我们见见呗？"阿曼眨了眨睫毛浓密的大眼睛，笑着说，"你结婚我们都没去呢，总该给个机会送祝福吧！"

"对啊！让我们见见新娘子呗！"

听到阿曼的话，同事们都围了过来，连主编也出来凑热闹了。

"万水，你太见外了！大家一起工作这么久了，结婚居然不通知我们一声！罚你这周末带新娘子出来玩！"

"主编威武！我也好想见见万水的心上人！"

大家纷纷附和，万水没办法，只好摆了摆手，无奈地说："好吧，我回去跟她商量一下。先说好，她不是我们圈子里的人，不喜欢热闹，要是她不想来我是不会逼她的！"

"知道你疼媳妇啦！"

"一定要带她出来哦！"

……

晚上回家后，万水把这事跟琥珀说了一下，琥珀的反应不太自然。

"见你的工作伙伴？"她心里惴惴不安，"我跟他们合不来吧……"

"不用跟他们合得来，你跟我合得来就行了。"万水摆摆手，"带你去见他们，只是想让他们知道你的存在，其他的事都不用理。"

"嗯……"琥珀迟疑了一下，点了点头，"好吧。"如果万水不介意自己可能会给他丢脸的话，她还是愿意去的。

"宝贝儿，放轻松，不是什么大事。"万水怜爱地亲了亲她的额头，突然低声问，"琥珀，你的病好了吧？"

"嗯，我明天就可以去上班了。"

"太好啦！我最喜欢你健健康康充满活力的样子了！"万水趁机扑到琥珀身上，目光灼灼地看着她，"宝贝儿，你都不知道你有多好，你简单、朴实、善良，就像一颗纯天然的宝石……嗯，现在是我的了。宝贝琥珀，我最喜欢你了……"说着，他的眼神变得迷离起来，一低头吻上了琥珀的嘴唇。

琥珀被他的情话哄得浑身发软，脑子也有点儿迷迷糊糊的，只觉唇上的温度烫得吓人。两人靠得很近，气息彼此相缠，万水关掉了床头的灯，抱着琥珀钻进了柔软的被子。

聚会定在周五晚上，万水公司的人来了一大半，可见其人气之高。阿曼终于见到了心心念念的"万水喜欢的人"，没想到对方居然是一个普通得不能再普通的女人！

阿曼实在不能理解，万水怎么会看上她？不仅是她，公司的其他人也暗地里吃惊不小，只是没有直接表现出来罢了。

不管怎么看，琥珀都和万水差了十万八千里吧？

阿曼远远地看着站在人群中僵硬微笑的琥珀，心里越发不是滋味。论美貌、才华、性格、家境，这个孙琥珀哪里比得上自己？她到底耍了什么手段，居然把时尚圈内公认的黄金单身汉万水勾引过去了？

见万水跟主编说话去了，阿曼端着酒杯踱到了琥珀身边，十分好心地在她耳边提醒："琥珀是不是觉得自己跟这个圈子格格不入？不管怎么说，万水在我们圈内都算是个名人，你陪他出席这种场合，至少应该打扮一下自己吧！我们平时出入的地方都是各种酒会和秀场，有很多记者会来，你跟他在一起，要为了他的形象多考虑考虑。如果被人家发现，时尚达人的妻子是一个完全不注意形象的女人，对万水的伤害可就大了……"

琥珀有些诧异地看了阿曼一眼，正要说话，却见万水朝这边过来了，只好先闭嘴。

"你们在聊什么？"万水随口问了一句。不等阿曼回答，他就拉起了琥珀的手，看上去很高兴的样子，还在琥珀耳边亲密地说："我带你去见一下我们主编，男版时尚魔头哦！"

说完，他揽着琥珀的腰走了，留下阿曼一个人待在原地。

他故意的！阿曼气愤地想，万水肯定看到了自己和琥珀说话，以为琥珀会受欺负，所以故意把人带走！

她什么都没做，为什么万水这么护着琥珀？阿曼又生气又伤心，生气的是万水对自己的态度，伤心的是她好不容易看上的男人已经属于别人了。看着万水和琥珀成双成对的身影，她心里更难受了，但凡有酒侍经过，她就取一杯酒，仰头灌下去。

酒一杯一杯地灌下去，阿曼心里的悲伤和愤怒非但没有平息，反而被酒精烧得越来越旺。

有个要好的同事看她的样子不太对劲，要来扶她，嘴里责怪着："这是万水的好日子，你怎么喝成这样？"

"什么叫他的好日子？"阿曼推开同事的手，摇摇晃晃地走向人群中的那两个人。

万水耳尖，马上就发现那边有人喝醉，便找了个理由跟主编告辞。

"我们回家吧。"他在琥珀耳边说，然后带着她离开了酒吧。

琥珀会意，知道再待下去可能会引发不愉快的事情。她和万水出了门，万水去路边叫车，琥珀站在他身后几步远的地方等待。突然，她身后突然传来一个声音："你……你给我站住！"

琥珀回头，只见醉酒的阿曼跑了出来，披头散发地站在自己背后。

"你到底有什么本事……让他喜欢上你！"阿曼极为勉强地站直了身体，指着琥珀的鼻子说。

琥珀皱眉，不打算理她。

"你胆敢不理我！你知道我是谁吗？"阿曼突然尖叫一声，朝琥珀扑了上来。

琥珀下意识地侧身，准备躲过袭击。没想到阿曼突然脚底一滑，"扑通"一声坐在了地上。光听声音，琥珀都替她感到疼。

万水已经过来了，一把将琥珀拉到了自己怀里。

"阿曼，你怎么在这儿？"刚才陪着阿曼的同事跑了出来，见状赶紧把地上的她扶起来。

阿曼摔了一跤，脑袋清醒了点儿，有些不知所措地看着周围。

"不好意思，她喝醉了。"同事一看这个场面就猜到了七八分，满脸歉意地说，"我刚才正要送她回去呢，好不容易拦到车，没想到她人却不见了。"

"没关系，你快送她回去吧。"万水露出了理解的笑容，手臂却将怀里的人搂得很紧，"路上小心。"

"哎，我们走了！"同事扯了扯还在发呆的阿曼，赶紧把她拖走了。

"宝贝儿，她没吓着你吧？"万水低头看着从刚才就一直安安静静的琥珀，伸手抱了抱她，"我今天发现阿曼有点儿不对劲，但没想到她对你怀着那么深的恶意，幸好你没被她伤到，不然我要自责死了。"

"我没事。"琥珀回过神来，为了让万水安心，她微笑着摇了摇头，"她伤不到我的。"

这倒是实话。万水知道别人欺负不了琥珀，但更担心她听了不好的言论心里不舒服，现在一看她平静的表情，知道她是真的没事。

只不过，琥珀的眼睛一直盯着刚才阿曼摔跤的地方。那里原本是一尘不染的水泥路面，却莫名有了一摊水，阿曼就是因为踩到这摊水才小心滑倒的。最近几天都没有下雨，附近的地面也很干燥，这摊水是从哪里来的呢？

"走吧，宝贝儿。"万水打断了琥珀的沉思，将她塞进了出租车。

车子很快就驶离了酒吧，琥珀在车里晃了晃脑袋，心想可能是自己太多疑了。

5.

一大清早，小区楼下就在吵个不停。琥珀刚睡了五分钟又被吵醒，像个木偶一样来到窗前，把脸贴在玻璃上，查看楼下众人的动静。

"宝贝儿，你被吵醒啦！"洗漱完毕的万水走进来，心疼地抱着琥珀说，"你昨天下班很晚，先前被我吵醒，现在又被他们吵醒，睡眠完全不够啦！"

"好像在说施工队敷衍了事……"琥珀趴在窗户上，有些疑惑地说，"我前几天经过的时候还摸了一下那栋小别墅门口的石雕，没发现哪里有问题，怎么今天就说有只鹿的脑袋裂了？"

"你管人家！"万水不满地说，"你昨天忙到那么晚，今天又要出差去别的城市拍戏，我好心疼！"

琥珀转过身来，顺势搂着万水的脖子，把头搁在他肩膀上，轻声说："我很快就回来了，你先去上班吧。"

万水叹了一声气，像是要说什么又忍住了。他捧起琥珀的脸，深深地吻了一下，额头抵住她的额头，依依不舍地说："你千万要注意安全，我等你回来。"

"好。"琥珀点头，主动亲了一下万水的嘴角，催促他，"你快走吧，不是说今天要拍季度大片吗？"

"那我走了……"万水一脸悲戚地去换衣服，又跟琥珀腻了一会儿才出门。

送他走后，琥珀在床上躺了一会儿没睡着，还是起床了。

Z市有个影视基地，琥珀对事业没什么热情，很少去抢大项目，大部分时间都待在Z市拍戏。这回要出门了，心里有了万水这份牵挂，还真是有点儿不舍。

收拾行李的时候，物业的人来看了一下水表，表情怪异地看了琥珀一眼，嘴里嘀咕着："你们家人平时不洗澡的吗？"

"什么？"琥珀没听清。

"我是说，你们用水也太节约了。"那人说。

交钱的时候，琥珀终于明白了，原来她和万水平时的用水量极低。琥珀有点儿奇怪，印象中，她一个人住的时候，一个月用的水都比现在多吧？

物业不放心，仔细查看一下水表，结果没发现什么问题，只好收了钱走了。

琥珀接着收拾行李，突然忍不住一笑：这就是两个人的生活啊！

她以前没想过，自己会这么负责地关心和另一个人的生活琐事。她本以为自己是一颗孤独的小石头，没想到遇见了热情似火的万水，石头的心也渐渐融化了。

越来越舍不得他了……

关上门，给万水发了短信，琥珀拖着行李去了机场。她这一去得半个月，吃喝拉撒都在那个偏僻的影视基地。

她以前活得简单，自从有了万水的照顾，饮食一律精致起来。说起来，万水研究了很多套美容大餐、营养大餐，隔一段时间就给琥珀来一套，说是要把她养成大美人。

琥珀发现自己想起万水的次数越来越多，到了拍戏的地点住下，她就忍不住给万水打了电话。

她这次跟的是一个名叫《浮世妖缘》的剧组，是一个有打斗戏的奇幻故事，她是女主角的武术替身。

等剧组的人员安顿好，戏就开拍了。琥珀跟着导演拍动作戏，吊着威亚，从摄影棚的这边飞到那边。所有镜头远景来一遍，近景来一遍，特写再来一遍，一会儿工夫，琥珀的衣服已经湿透了。

"坠落的镜头再来一次！"导演打了个手势，所有人准备，开始！

琥珀从高高的空中跳下来，刚一落地，头上突然传来一阵呼啸的风声，接着就听到现场有人发出惊呼。琥珀还没来得及起身，下意识地往旁边一滚，以手撑地站了起来。与此同时，一块重物重重地砸在了她身后的地板上。琥珀正要回头去看，直觉告诉她还有危险，她偏头一躲，一块破碎的石头贴着她的头发飞了过去。

摄影棚里有一瞬间是鸦雀无声的，众人的心脏全在怦怦乱跳，过了一会儿，大家不约而同为琥珀的表现鼓起掌来。

"吓死我了！"

"幸好琥珀反应快！"

"太帅啦！琥珀真厉害！"

……

"孙小姐，幸亏你身手好，不然要出大事！"导演有些后怕，回头就痛骂了道具组一顿，让他们去检查道具。

有人过来问琥珀的伤势，琥珀查看了一下，发现胳膊被铺满粗沙的地板磨破了一大块皮，都出血了。

"孙小姐功夫不错，有没有想法演个角色？"导演用赞许的目光看着淡定

的琥珀，"你形象不错，除了替身，可以演角色的！"

琥珀摇了摇头，说："谢谢导演的看重，不过我不适合演戏。"

"你要是改变主意了，就来找我。"导演也不勉强，只是夸奖了她几句。今天出了严重的事故，只能暂停拍摄，道具组面如土色地去检查道具，导演让琥珀先回去休息。

琥珀回了更衣室，简单清理了一下伤口。伤口不能沾水，洗澡时特别费工夫，琥珀折腾了好久才从更衣室出来。外面天都黑了，她就直接回了酒店。

这个摄影基地位置偏僻，酒店很简陋，隔音效果也不好，用的还是老式的锁。琥珀一回房间就把锁扣上了，转身的时候突然觉得有点儿不对劲。

房间很暗，但她觉得黑暗里似乎多了一个人的呼吸。琥珀没有立即开灯，而是在原地站了一会儿，不动声色地往床铺的方向走去。衣柜传来一声轻响，有个黑影从里面钻了出来，同时还有一股浓郁的香气飘散在狭小的房间里。

琥珀面色一冷，上前扣住了那人。只听那人身上传来一阵窸窸窣窣的声响，还有砰砰的碰撞声，好像身上带了很多东西。琥珀勒住那人的脖子，身体一沉，就要给他来一个过肩摔。

"是我是我……是我！"黑影慌忙叫了起来，"轻点儿啊，宝贝儿，是我！"

这个熟悉的声音是……万水！

琥珀吃了一惊，连忙把人放开。她摸到房间的开关，"啪"地打开了灯，惨白的白炽灯光照亮了床前的黑影。

万水揉着手臂趴在床边，修长的身影折叠成了一个优美的符号。他似乎刚从某个高级秀场下来，平时不轻易穿出门的限量版风衣还没来得及换，鼻子上挂着黑框眼镜，眼睛底下有淡淡的黑眼圈。

地上躺着一个蛋糕盒，一束火红的玫瑰被刚才的激烈动作弄散了，七零八落掉了一地。

"宝贝儿，你的手劲儿可真大。"万水从床边站起来，一脸无辜地看着琥珀。

琥珀心里涌起极其复杂的滋味，马上踩着一地的玫瑰刺上去拥抱了万水，然后才问："你怎么来了？"

"今天是你的生日啊！"万水委屈地说，"这是咱们结婚后你过的第一个生日，我想陪你一起过。"

琥珀想起来了，她前几天跟万水说自己要出差时，万水有点儿欲言又止，原来他记下了她户口本上的生日，想在今天给她一个惊喜。

"谢谢你。"琥珀很开心，这种被人惦记的感觉真好。她赶紧去看盒子里的蛋糕坏没坏。

万水把散乱的花踢到一边，跟上去看，紧张地问："应该没弄坏吧？这荒郊野岭的，可买不到蛋糕！"

"坏了也没事。"琥珀笑着说。她打开盒子看了一下，精巧的奶油蛋糕只坏了一点儿边，没有大碍，干脆把它拿了出来。

两人在狭小的房间里收拾出一块地方，摆上蛋糕。万水说："宝贝儿，你身上好像有一股怪怪的味道。"

"什么味道？"琥珀问他。

正在这时，房门响了。

琥珀把门打开，发现来人是《浮世妖缘》的场务。他拿着一瓶跌打药酒和一卷绷带，关切地说："孙小姐，我看你手臂上的伤口有点儿深，需要处理一下。"

"什么伤口？"耳尖的万水挤过来，眉毛皱成了一个"川"字，他盯着琥珀看，"你受伤了？"

"这位是……"场务见琥珀房里突然多出来一个男人，不禁有点儿发愣。

"我是她老公，你刚才说我们家琥珀怎么了？"万水的脸色很严肃。

"哦……那个，今天拍摄的时候出了点儿事故，有个巨型道具没牵引好，掉了下来，差点儿砸到孙小姐。"

万水的眉梢在不停地跳，看上去随时会发脾气。

琥珀接过场务手里的药酒和绷带，说："我没事，谢谢你了。"两句话打发了场务。关好门，她把东西搁在桌上。

万水凑了过来，说："我看看。"

琥珀把袖子撸起来，万水看了一下她胳膊上的伤口，表情变得非常难看，他瞪着琥珀问："这样叫没事？我刚才都闻到血腥味了！"

"又不是什么重伤……"琥珀不以为意。

"不是重伤？"万水怒了，"是不是要出人命才好？你们负责人呢？我要去找他算账！"

说着，他一把拉起琥珀的手，拖着她离开了房间。

"你们导演在哪儿？负责人在哪儿？"万水一路问过去，惊动了好些人。

琥珀被大家关注，浑身都不太自在。万水丝毫不为所动，自顾自地冲去了导演的房间。他用力拉着琥珀的手，向来不正经的脸蒙上了一层戾气。

"宝贝儿，快点儿！老公现在很生气！"他催促。

看着有点儿陌生的万水，琥珀的心突然跳得很快。她真的不介意受伤的事，也不想去找别人麻烦，但看到万水为自己着急生气，心里还是挺开心的。体会到了被人重视的感觉，向来喜欢息事宁人的她没有再阻止万水。

找到了导演，万水先发了顿飚，严词厉色地说："一个业内有名的影视公司，居然把人命视作儿戏！如果不是我家琥珀身手好，今天真的出了事，你们这个戏也不用拍了！信不信我只要一条微博就能让你们老板身败名裂！"

只有少数经常合作的人知道琥珀有个很厉害的老公，这个剧组的其他人都是空降过来的，尤其是导演，突然被一个武术替身的家属训斥，一下子还没回过神来。

有个认出了万水的人跑过来，偷偷地在导演耳边说了句话，导演的眉毛抽搐了一下，意识到碰上了一个不太好惹的角色。

"出了事，你们就是这个态度对待负了伤的员工？"万水无视他们的窃窃私语，一直冷笑，"是不是只要没出人命，你们就假装不知道这件事情的严重性？我等下会带琥珀去医院检查，要是她有什么事，我一定不会让你们好过的！"

"是是是……都是我们的工作没做好。"导演讪讪地说，"我们刚才已经召开了一次紧急会议，以后会更加注意拍摄的安全问题！孙小姐的伤我们也会负责，我马上就安排人送她去医院检查，不管出了什么问题，我们都会负责到底的。"

"你最好祈祷她没事，否则我跟你们没完！"万水说，"车呢？我们现在要去医院！"

导演赶紧叫了人，脸上赔着笑，亲自将琥珀送到了一辆保姆车前。

一直在检查摄影棚的道具组组长跑了过来，又跟琥珀道了歉，有点儿委屈地对导演说："掉下来的是一块高密度仿石道具，不知道为什么，它突然从中间裂开了……我们在布置场景的时候检查了好几遍，道具都是完好无损的，今天真是意外……"

　　正要上车的琥珀听到了这话，突然联想到了小区别墅那个开裂的石雕，心里隐隐有了一种不祥的预感。作为一个石妖，她的能力可以影响周围所有石质物体，难道这些事跟自己有关？

　　她想着，发现万水也听到了这话，正疑惑地看着道具组组长，似乎还想过去问个清楚。她赶紧轻轻地呻吟道："啊！手有点儿疼……"

　　万水迅速回头，急忙查看她的伤口，不安地问："有多疼？是不是我刚才拉你走得太急了？我给你上点儿药，等下到了医院要好好检查一下！"

　　"嗯。"她低声应了一句，为了掩饰心里的不安，一路都没有再说话。

（三）勿忘

6.

　　检查的结果是轻微皮肉伤，琥珀又回去拍戏了。万水的本意就是想教训一下他们剧组不重视安全问题的工作态度，后来剧组道歉了，支付了医药费，最重要的是琥珀没出事，他也就没有再追究下去了。

　　琥珀在那边待了半个多月，回来后又是高强度的拍摄工作。等电视剧杀青，几个月的时间已经过去了。就在这时候，琥珀去年参演的那个中外合拍的电视剧开播了。这个剧投资高、名人多，又刚好赶上一阵复古潮流，彻底火了一把。

　　剧组高兴坏了，微信群里天天都在晒收视率，从此用鼻孔看其他剧，仿佛出门都要横着走。投资人牵头，邀请全剧组的人到海上游轮开庆功宴。

　　琥珀不喜欢大海，本来不太想去，但这个剧对她而言有些特别。

　　首先，这个剧组的很多人都和她相熟，这些人也见证了她和万水的结合。其次就是去年那次求婚，万水用的是剧组的道具，还上演了一段英雄救美的电视剧情节。不管怎么说，她对这个剧都是有感情的。最近她刚好结束了新剧的工作，正迎来一段休息期，加上被众人的情绪感染，她最终还是决定去参加庆功宴。

　　投资人说了，这次庆功宴可以携带伴侣，琥珀虽然不太适应大海的环境，

但如果有万水在身边，她相信应该不会出什么问题。想好之后，她把事情跟万水一说，对方高兴得把她抱起来转圈。

"我的琥珀，你居然要带我去参加宴会！"万水笑得嘴角都咧到耳根了。

"那你有时间吗？"

"有有有！"万水连连点头，"再忙我也能抽出时间来！"

万水说到做到，提前请好了假，和琥珀去了海上游轮的庆功宴。

果不其然，琥珀一上游轮就身体不适，万水大呼："你这是跟大海有仇吧？"

剧组定的游轮叫玛丽公主珍妮号，由南向北驶向日本，旅程将近一周的时间。万水一看琥珀这个晕晕乎乎的架势，立马有了不祥的预感，这个星期估计只能在房间里度过了。

万水是对的，接下来的几天，琥珀都在床上躺着。除了出席过两次晚宴，她几乎连房门都不出。万水猜中了这趟旅程的开头，但他万万没想到，更不幸的事情还在后面。

第四天傍晚，游轮遇上了突然而至的风暴。

客人全都回船舱去了，游轮在剧烈的狂风骤雨中摇晃，害怕的女客紧紧地抓着手边的栏杆，总有一种身在泰坦尼克号的错觉。

偏偏这时，船长室传来了一个坏消息，他们的引擎不知道撞到了什么东西，暂时启动不了。

游轮停在一望无际的海面上，海浪翻涌，风吹雨打，像一只孤零零的海燕。

"我出去看看。"万水放下正在削的苹果，把果盘和刀具都放远了，推开门走了出去。

他离开后不久，外面突然传来了一声巨响，像是玻璃碎裂的声音。琥珀心里不安，挣扎着从床上起来，披着衣服走了出去。

她扶着摇摇晃晃的墙壁走了两步，突然发现鞋子湿了，过道上有几个客人在来回跑动。

"有水漫进来了！"他们大喊。

"看见我女儿了吗？"一位母亲急得不行，"一醒来发现她不在房间里，到处都找不到！"

"别急。"琥珀过去安抚那人，"我去找找看。"

她按捺住胸口的不适，接着往前走。几个男客在寻找进水的裂口，服务生有些惊慌地跑上跑下，要求客人进房间等待，他们已经联系了最近的船只，马上就会有人来救援。

万水去哪里了？

琥珀走了一会儿没看到他，不免有些担心。她找了几层楼，不知不觉间来到了宴会厅，这里本该没人，但里面却有一盏水晶灯亮着。隔着几步远，琥珀都能看到里面摇摇晃晃的灯光。

她推开门进去，四处看了一眼，大声问："小朋友，你在这里吗？"

吧台里传来一声轻响，琥珀立即说："别害怕，姐姐来接你回去！"

正在这时，船身剧烈地摇晃了一下，水晶灯的光影晃动得更厉害了，吧台后面的酒柜发出一阵响声。一个小女孩的哭声传了出来，连声音都在颤抖。

琥珀赶紧跑了过去，果然在吧台下面发现了一个小女孩。女孩大概是出来找吃的，手里还拿着半块蛋糕。琥珀找到她的时候，她正怯生生地看着外面的一切。

"走，回你妈妈身边去。"琥珀对她伸出手。

　　小女孩看着她，似乎在犹豫该不该相信这个人。

　　万水的声音从外面传来："琥珀，你在哪里？"看样子，他也发现了琥珀不在房间里，又跑来找人了。

　　"我在这里！"琥珀应了一句，主动牵过了小女孩的手，拉着她从吧台里走出来。

　　一个大浪打来，小女孩没站稳，猛地扑在了琥珀身上。琥珀被她推得连带摔倒，头顶传来一阵清脆的碰撞声，柜子顶上、吧台上的酒瓶和玻璃杯纷纷掉了下来。

　　"别动！"琥珀身体伏低，护住了下面的小女孩。

　　大门"砰"的一声打开了，万水进来的时候正好看见这一幕，不由得大喊："小心！"

　　琥珀抬头一看，眼角余光瞥见一个红酒瓶子正朝自己当头砸来，下意识地伸出手臂去挡。酒瓶撞在她的胳膊上，"啪"的一声摔了个粉碎。

　　正在这时，头上忽然迎来了一阵雨，大颗大颗的水落在了她的头上、身上。琥珀抬头一看，只见空中有两个往下掉的酒瓶像是被什么东西融化了，整个瓶子都化成了一股水流。紧接着，被水汽影响的其他东西纷纷抖动，"哗"的一声融入了水的世界。

　　吧台周围的酒瓶、玻璃杯，所有可能坠落的物体都在一瞬间化成了水，哗啦啦淋了琥珀一身。

　　琥珀的呼吸一室，她不敢相信地回头一看，万水正站在宴会厅的大门口，伸出的手指指尖有一股透明的水流。万水的表情同样惊讶，他的目光牢牢地盯着琥珀的胳膊——那分明是一块岩石，就像游戏里的石头人那样。

　　两个人的目光不可避免地对上了，那一瞬，他们都从对方眼里读到了某种

信息。

先反应过来的是万水，他收回掌心的水流，冲琥珀喊："快出来！"

琥珀从地上爬起来，她的手迅速恢复了正常，一把抱起了怀里的女孩，快步走到门口。

擦肩而过的那一刻，万水的声音低沉了很多："送她去外面，救援的人已经到附近了。"顿了一下，他又说，"我去看看其他人。"

琥珀没有回答，抱着小女孩跑开了。那一刻，她的眼里心里都是万水平时的模样，他认真的样子，他玩笑的样子，他温柔的样子，他生气的样子……

可是耳边却回响着族人的训诫："石头是自然界最坚强的存在，我们不怕风吹日晒，不怕千锤百炼，但你要记得，永远不要去招惹水妖。水是世间最温柔的东西，却是对我们最致命的克星，他们万年如一日地流动，会用湿气腐蚀你的身体，用水滴凿穿你的心灵……"

琥珀的脚步逐渐沉重，她很想回头，但又拼命忍住。她想不通，为什么风骚爱美的万水会是水妖？他们一个是石头，一个是流水，两种属性相克的妖本不能结合，可他们偏偏在一起了。

世界那么大，为什么偏偏是他们？

琥珀的意识有点儿混乱，她帮女孩找到了父母，马上又走开了。

救援的船来了，游轮正在疏散客人。有个年轻的姑娘走得急，高跟鞋被自动扶梯卡住了。

琥珀看也没看，一拳砸开了电梯，把人拉了出来。

获救的姑娘又惊又惧，身后的人也一脸震惊地看着琥珀。

琥珀没说话，镇定自若地往和人群相反的方向走去。

经过两个小时的疏散，客人都转移了。琥珀先一步上了岸，她没有打伞，

站在瓢泼大雨里望着逐渐靠岸的游轮。港口聚集了闻讯而来的记者，闪光灯闪个不停，随便一张照片都是明天的大新闻。

从游轮上下来的人们惊魂未定，有人跟记者说遇到危险时，他身边出现了灵异事件，一股不知道从哪儿来的水流拯救了自己。

这时候，一个光着脚的年轻姑娘对着摄影师吞吞吐吐地说："船上有个力大无穷的女人……"

琥珀悄悄地离开了港口。

很快，剧组就会有人将事情联系到她身上，或许会有更多人注意到她的反常。不管事情会演变成什么样子，这里都不适合她再待下去了。

琥珀在外面游荡了几天才回到和万水的家，经过那座还在装修的别墅时，她仔细检查了一下双手，终于发现，原来鹿头的开裂和自己有关。

这段时间，她的能力在减退。

不知不觉间，石头的身体里弥漫着一股水汽，每个毛孔都充满了冰冷的水泡。她不再是那颗单纯、顽固、强大的石头了，她的心有了裂缝。

或许是一直以来的生活太寂寞了，她迷恋上了万水的温柔，可是，和万水的结合最终让她付出了惨痛的代价。她甚至一直没有意识到，她的身体状况已经在恶化了。如果没有猜错，万水的情况和她应该是一样的。

如果继续在一起，他们都会死。

即便是对陌生人都能展现善良的琥珀，无论如何都不能接受万水在自己面前死去，何况还清楚地知道对方是因自己而死？

心里有千万种不舍，但琥珀必须做出选择。

在家里等了两天，万水回来了。他打扮得一如往常般时髦，随时都能上街吸引女性的眼球，表情更是像什么都没发生过似的，脸上还带着笑。

看到琥珀过来开门，他调整了一下心情，让自己看起来很轻松。

"为了我俩的生命安全考虑，我们还是分开好了。"最终还是万水先说了这句话，他一直保持着脸上的微笑，丝毫看不出难过和不舍。

"虽然很遗憾，但是没办法。"他耸了耸肩，"我们总要活下去，不然就白白浪费这上万年的修行了。"

琥珀点头："嗯。"

"那……我走了，房子你留着。"万水说，"虽然人类社会的法律对我们没有约束力，不过，你看我们要不要去办个离婚证，顺便把这些年的财产处理一下？"

琥珀又点了点头，学他的语气说话，只是音调沉沉的："好啊！"

7.

无边无际的黑暗里，只有溯流镜的镜面散发着柔和的光。

琥珀站在镜子前，闭着眼睛回忆和万水在一起的一点一滴。她的手指和溯流镜相触，淡淡的光芒从镜面穿透而出，将她整个人包裹。

良久，她轻轻地睁开了眼睛。

身边适时地想起了周稷的声音："您的这段记忆非常珍贵，确定要售出吗？"

琥珀苦笑，既然命中注定不能在一起，又何必一直记着对方呢？

"嗯。"她点头，把手收了回来。

霎时，溯流镜内的河流又以肉眼可见的速度飞快地扭曲了一下，很快又恢复了正常。

失去了两年记忆的琥珀有些恍惚，身体不由自主地晃了一下，周稷适时地

扶了她一把。琥珀清楚地意识到自己失去了什么，心里猛地一阵揪痛。

送琥珀去店里的沙发上休息后，周稷让夏云梦给她泡了一杯茶。

琥珀捧着茶杯坐在柔软的沙发上，嗅着淡淡的迷迭花香，神情有些恍惚。

"孙小姐，您出售的这段记忆非常珍贵，我们应该支付您一笔相应的报酬，请问您有什么心愿吗？"周稷问。

琥珀抬头看了看他，一脸茫然地摇了摇头。

她记得自己来这里的目的，是要忘记一个人、一些事。那段记忆是被丢弃的，她并不想用它交换什么东西。

周稷明白她的意思，点了一下头，说："经过仔细考虑，本店推荐您购买一段记忆。"

琥珀有些惊讶："购买一段记忆？"

"对。"周稷说，"那段记忆同样非常珍贵。"

不知怎的，听到他这样说，琥珀有些紧张。她想了一会儿，摇了摇头，说："我来这里，是想把过去的一切放下，我不需要知道别人的生活……"

她站起身来，抬起脚准备往外走。

"如果错过了这段记忆，您一定会后悔的。"周稷在她身后站起身来，不紧不慢地解释，"现在是优惠打折期，您可以用自己的记忆换购，以后就没这么容易了。孙小姐，当一个人的记忆出现了空白，生命就变得不完整了，您能怀着这样的遗憾生活下去吗？"

琥珀停下了脚步，脑子不由自主地顺着周稷的话往下想。

她不记得过去两年发生了什么事，也不知道接下来应该去做什么。但从这一刻起，她必须开始全新的生活了。

她努力想说服自己可以做到，但心里总是空落落的。那段记忆的空白不停地提醒着她，失去的东西会变成永远的遗憾。

平白无故失去了两年记忆，无论再怎么掩饰，琥珀的内心还是有些惶恐和不安，她试着看向自己的身前身后、过去未来，结果都是一片茫然。

她知道，她刚才舍弃的一定是很重要的东西。

别人丢掉的又会是什么呢？每个人都有不愿意想起的往事吗？还是不愿意想起曾经的那个人？

不知怎么的，一旦这样想，她的心就变得有些痛苦。

过了一会儿，琥珀深深地呼吸，终于转过身看着周稷，缓缓点了点头："让我看看那段记忆吧。"

周稷似乎猜到了她会做出这样的决定，表情一点儿都没变，只是微微侧过了身体，对琥珀做了一个"请"的手势，引领她重新回到了溯流镜前。

琥珀站在镜子前，深吸一口气，将手伸了出去。手指碰到镜子边缘的时候，她下意识地闭上了眼睛。

镜面异常柔软，那层原本应该存在的隔阂像是消失了一样，几乎可以将手指探进里面去。一道淡淡的光芒从琥珀和溯流镜相触的地方发出，就在这个时候，一个满怀宠溺的声音传来："宝贝儿……"

这个声音……是如此熟悉！

琥珀一惊，胸膛里像有一阵烟花炸开了似的，内心深处那颗彷徨孤独的石头被一股难以形容的暖意包裹住了，全身暖洋洋的。

记忆的缺口正在被这个声音缓缓修复，琥珀的心跳得很快，她第一次如此深刻地感受到，这个声音的主人对她而言是多么重要。

琥珀感知的是对方的回忆，是他深藏多年的内心剖白，这个被琥珀遗忘的人，在溯流镜里出现了。

随着第一个音符的出现，那个声音开始在她耳边轻声说话……

琥珀，我喜欢你。

你特别好，真的。第一次见到你的时候是在地铁上，你把一个偷拍女生裙底的色狼揍得很惨，我当时忍不住咋舌，哇，这样凶悍的女生要去哪里找啊？可是当你看过来的时候，我呆了一下，原来你是模样这么干净清秀的一个女孩啊！

你知道吗？我曾经一个人在黑暗的世界里度过了很多年，那段时间长久到我都忘记了自己是否还活着。我无处不在，却又无处可在，触及的世界毫无例外都是冰冷的、死气沉沉的，只有那些沿途绽放的花朵、从天上飞过的小鸟、偶尔撞入我怀里的鱼儿让我感觉到生气。在无比漫长的时间里，只有它们陪着我。我喜欢它们，因为它们和我不一样，它们是那样鲜明地活着。

遇见你的时候，我想你就是我喜欢的那种人，安静又放肆地绽放着自己的魅力。如果说第一次的相遇只是上天在我心里投入了一颗小石子，激起了一点儿涟漪，那么，当你第二次出现在我面前，我忽然觉得我有了去过另一种生活的机会。

和你在一起的生活。

琥珀，我对你说的每一句话都是真的。我们刚认识的时候，我就说我要追你，因为我很早就动心了。可你明显不信，我有点儿失落，回去后查找了好多追女孩的方法。很多人说了，对你这种性格的女孩，必须以柔克刚、日久生情，所以我打算缠着你，直到你习惯我的存在。

说起来，那次求婚真的是一次意外。我本来有别的计划，没想到你们公司突然给你安排了任务，我就只好跟过去了。当你被大家扔下的时候，一脸疑惑的样子好可爱。你一点儿都不会着急，特别有耐心地蹲在路上等。你没有哭，没有生气，但我在你脸上看到了孤独。

我想到了我自己。

来到人类社会，我每天都过得特别光鲜，穿最好的衣服，吃最好的东西，像每一个普通人一样努力活着。可是，我无法亲近身边的人，无论我再怎样温柔相对，我和这些人始终有一段距离。因为我是妖，我有秘密要藏着，我不能和任何人有太过亲密的接触。直到遇见你，我意识到了我们是如此相似。

我们都很喜欢这个世界，但我们不敢去亲近，只能远远地站在一边，像一个局外人般欣赏这个世界的美丽。我们是同类，是天造地设的一对，我觉得我们可以在一起。

你答应嫁给我的时候，我很开心。为了不让你感到不舒服，我一直和你保持着跟以前一样的距离，给你足够的空间，不干涉你的私事。渐渐地，我发现了，这就是我们最好的相处模式。

我知道我很喜欢你，这一辈子都放不开你。那你爱我吗？你从来没有说过，但你对我卸下了心防，越来越信任我，越来越在乎我。在我面前，你可以随意表现自己的任何一面，早起时睡眼迷蒙的样子，偷偷关心邻居八卦的样子，明明很介意我对别人抛媚眼却假装淡定的样子……琥珀，在我眼里，你的一切都是那么生动，我很庆幸当初没有错过你，我很感恩这一生能拥有你。

和你在一起的日子，是我一生中最幸福的时光。

那次你出差，一到下榻的酒店就给我打电话了。我很高兴，又必须装作和平时一样，和你聊几句就挂了。你居然一直没意识到自己的生日到了，我很痛心，决定偷偷地给你送上一个大惊喜。我订了蛋糕和玫瑰，风尘仆仆地去找你，结果却发现你受伤了。我当时真的气得不行，生怕自己一言不合把那些对

你漠不关心的人都化成水汽，幸好你一直拉着我，陪我去找负责人算账。有你在身边，我慢慢地把怒火压下去了。不过，琥珀，我的宝贝儿，我希望你以后有事都能告诉我，尤其是涉及你人身安全的大事。我要你好好的，只要人在，一切事情都好解决。

也许我不该陪你去庆功宴的，如果我不去，或许我永远都不会发现你的身份。你以前问过我，是不是家里的电表出了问题，不然两个人的用水量怎么会那么少？我当时有点儿紧张，找了个话头把这件事糊弄过去了。还有那次聚会，我第一次觉得身边的朋友很讨厌，便使了点儿小手段让找故意找你麻烦的人摔倒了。宝贝儿，有件事我一直瞒着你，那就是我的特殊能力。我可以把一切事物都化成水，习惯在家里屯水。可是，我是妖这件事，我要怎么对你说呢？我原本想瞒你一辈子的，没想到，我真的没想到，你竟然也是妖。

我们一族的长辈告诫过我，这辈子最好不要去招惹石妖。你们看上去人畜无害，实际上厉害得不行。不是所有水滴都能滴穿石头，遇到你们，我们往往要绕道。石头永远不会让步，哪怕粉身碎骨，你们也会化作泥沙将我们搅浑。

游轮灵异事件曝光后，我躲了起来，趁机仔细看了一下身体状况，发现在不知不觉间，我的身体已经融入了你的一部分，我不再清澈了，我的能力在慢慢消退。或许有一天，我会这样污浊地死去。我想你也一样。我说过，我要你好好的，只要人在，一切事情都好解决，所以，我们分手吧。

我很不愿意承认我们的结合是错误的，但为了彼此的生命，我愿意分开。不过，像我这种在世界上游荡了千万年才动过一次心的人，应该是很难忘记你的。我可能会采取一些硬性的措施，消除自己的记忆。我不介意你是妖，也不介意你是和我属性相克的妖，但我介意自己会伤害你，一想到你会因为我而死，我的心就像刀绞一样痛。

再见了，宝贝儿，这是我最后一次这样叫你，以后你就要一个人生活了，希望你离开了我以后，这辈子都能平平安安的。

一想到以后的日子里没有你，我就心痛难忍。就让记忆停留在这一刻，我想把对你的爱变成永恒。

很遗憾不能陪你走完这一生，但我永远爱你。

"孙小姐，你哭了？"周稷的表情有轻微的诧异，在他漫长的生命里，几乎没有见过石头落泪。

琥珀的指尖放在溯流镜上，过往的记忆如同璀璨的星光，尽数汇入了她的脑海里。她和万水是最亲密的夫妻，但从未直白地对彼此说过情话。她从万水的角度回忆了两人在一起的过往，第一次听到万水内心的剖白，那个平时看起来不着调的男人，原来爱她至斯。

琥珀随便擦了两下眼睛，说："对不起，我要走了。"

周稷为她打开门，琥珀慌乱地跑了出去。跑了几步，她像是想起了什么似的，回头对身后的人说："谢谢你的推荐，这次的交易我很满意——你们是好人，以后一定会有好报的。"

夏云梦端着一块吃了一半的水果蛋糕，叉子还塞在嘴巴里，听到这话，不禁有些呆呆地看着她。

琥珀说完，顾不上对方的反应，转身急匆匆地跑了出去。

一生中从未有过像这样的时刻，她是如此急切地想见到万水。

她后悔了，后悔刚才没有好好告别，她有很多话要对他说，还有很多事想让他知道……

走出记忆馆，周遭的景物忽然一变，琥珀又站在了人潮涌动的街头。她抬

起头，朝前面的人流望去，茫茫人海，不知道万水走去了哪个方向？

突然，琥珀的眼神一动，在离她五十米远的地方，有个人正朝她飞快地跑来。

这个身影是如此熟悉。

是万水！

琥珀不由自主地朝他奔去，两人似乎都忘记了周围的一切，眼里心里只剩下彼此。

琥珀重重地扑倒在万水里的怀里，万水紧紧地抱着她，急切地问："宝贝儿，你是不是在记忆馆里看到了我的记忆？"

琥珀说不出话，只能拼命点头。她怕一开口，眼泪又会流出来。

迷迭香记忆馆，三界中极为神秘的存在，它不在世间任何一条时间线上，又存在于每一个人的生命中。琥珀和万水分手之后，不约而同走向了记忆馆。他们卖掉了自己的记忆，又从店长手里买回了对方的记忆。

也许冥冥之中，命运也不想让他们分开。

"万水，我想告诉你……"琥珀深吸一口气，从他怀里抬起头来，眼眶红红地说，"我也爱你！跟你在一起的这段日子，是我最开心的时候！我和你一样，不想看到你因为我受伤，所以……"

万水定定地看着她，双手捧起她的脸，眼中闪烁着动人的光芒。

"如果我们继续在一起的话，我们两个人都会死，你害怕吗？"

琥珀摇了摇头，直视他的眼睛，声音沙哑地说："相比死亡，我更怕失去你！忘了你之后，我都不知道接下来该怎么办……"

"琥珀！"万水的心咚咚跳动，他喊她的名字，许下了一句前所未有的承诺，"我们一起生，一起死！"

琥珀看着他，突然开心地笑了起来。这是她这段时间以来第一次露出笑脸。万水也跟着笑了，然后用力地亲了亲她的额头。

如果失去对方，他们的生命和记忆都不再完整，不如一起消失。

有了这样的觉悟，他们再也没有任何顾忌，以后的每一天都会像今天这般相爱。

两人相视一笑，牵着手融入了熙熙攘攘的人潮。

8.

迷迭香记忆馆内，轻盈的音乐伴着淡淡的花香飘散，只不过短短一瞬，小小的店铺不知又见证了多少人的人生。

夏云梦一手捧着没吃完的水果蛋糕，一手用叉子戳啊戳，漫不经心地问："为什么要推荐那两只妖购买对方的记忆呢？"

周稷坐在沙发上，长长的双腿交叠，一派优雅绅士模样。闻言，他轻轻地一挑眉，饶有兴趣地说："水和石头都是自然界最悠久的物质，本身是客观而无情的存在，妙的是它们经过了漫长的时间，最终都化成了人形，还从亿万人里找到了对方。万水和孙琥珀因无情而生，最后不如为有情而死，你说呢？"

"嗯……"夏云梦用叉子蹂躏着一颗可怜兮兮的樱桃，没有直接回答馆主的话，而是皱着眉头想了一会儿，最后悠悠地叹了口气。

她查了一下万水和孙琥珀的来历，发现他们都在世上存活了千万年之久，与其说他们是妖，倒不如说是灵。万水是融化了万物形成的水灵，孙琥珀则是一颗数千年坚不可摧的顽石成精而成，两人各自寂寞了千万年，即便性格如此矛盾，一旦遇上却还是爱上了对方。只是，这种违背妖界常理的结合注定有一个不好的结果。

　　她很想知道，如果万水和孙琥珀依然执着地爱下去，最终的结局会是如何？

　　是水滴石穿，还是石碎水涸？

　　周稷站起身来，他似乎知道夏云梦在想什么，从她身后经过的时候留下了一句话——

　　"妖陨之时，有星落之景。如果你想知道他们二人最后会怎么样，总有机会的。"

　　数年后。

　　新闻报道，Z市即将迎来一场盛大的流星雨，民众可在长明山地区观看这一罕见的天象奇观。届时，明湖公园将设立观星基地，并延迟闭园时间，欢迎各位天文爱好者前去游玩。

　　消息传了几天，整个Z市都沸腾了。到了那天，无数天文爱好者和前来观看流星雨的人到了长明山。

　　一个男孩兴冲冲地跑出了家门，朝身后一个七八岁的女孩大喊："快点儿！我们要来不及了！"

　　他们要去明湖公园的山坡，听说那里是最适合观看流星雨的地点。

　　妹妹挑了好久的花裙子，磨磨蹭蹭出了门。但哥哥是个急性子，一想到可能会错过流星雨就急得不行，赶路的时候一步三回头，恨不能把妹妹背在身上跑。

　　两人一前一后进了公园，里面人满为患，男孩心生一计："我们走近路！"

　　他知道一条隐蔽的山路，从那里可以爬到看流星雨的坡上。男孩拉着妹妹

进了林子，路上的人顿时少了很多。女孩年纪小，腿又短，渐渐跟不上哥哥的脚步，没跑几步就落后了。

"哇！"

公园四周爆发出一阵呼喊，流星雨马上就要来了。

"快点儿啊！"哥哥心里着急，一边跑一边喊。

女孩努力想跟上哥哥，不料脚下被树枝一绊，"扑通"一声摔在了地上。

"呜呜呜……"她下意识地呜咽出声。

男孩一听到她摔倒，也顾不上其他了，赶紧回来扶起妹妹。他拍了拍女孩身上的尘土，不安地问："摔得痛不痛？"

"不痛……"女孩摇头，随后她指了指夜空，脸上露出了失望的神情，"哥哥，你看！"

男孩顺着她的手指看过去，只见夜空掠过零星的几颗流星，公园到处都有人呼喊。

很明显，就在刚才的几分钟里，他们错过了流星雨。

"啊！没看到！"男孩捂住脑袋，垂头丧气。

没有看到流星雨，女孩倒是一点儿都不伤心。她一脸惊喜地从地上捡起一个东西，递到男孩面前，大声说："哇！哥哥，你看！"

"这是什么？"男孩好奇地问，他只看了一眼，就移不开视线了。

"这是从天上掉下来的！"女孩开心地说，"是星星！"

两人手拉手走出林子，在公园的路灯下仔细观看那颗晶莹的石头。

"哇！这个是琥珀！"男孩兴奋地喊。

"是星星……"女孩不悦地嘟嘴，小声地抗议着。

她小小的手掌心里躺着一颗深色且透明的石头，石头在灯光的照耀下发出

晶莹的光。更让人惊奇的是，这颗琥珀里头有一抹淡蓝，像是一滴海水，又像是眼泪……

据说妖陨之时，有星落之景。

水石相融，永不分离。

叁

倾听心上的雨声

Rosemary Memory Pavilion

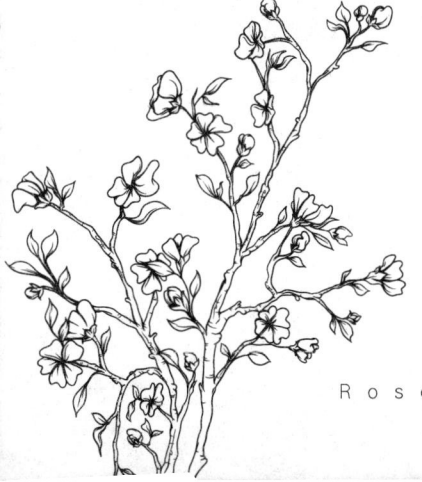

（一）心坎

1.

"还没有来到迷迭香记忆馆的时候，我是一个混血鲛人。鲛人者，人身鱼尾，幽居南海之外，其眼能泣珠……"

夏云梦从小就知道自己和别人不一样，不仅仅是因为她有一个特别的家庭背景，还有一个原因和她的身体有关。

她的腿很细很白，和同龄女生一比，腿型和长度都显得尤为突出。然而，这双腿却有一个致命的缺点，那就是——

如果她泡在水里超过十分钟，她的双腿就会长出鳞片，像鱼鳞一样的黏滑鳞片会慢慢布满她的下半身。

因为夏云梦是一个混血种，人类和鲛人的混血。

母亲离开她的时候，曾经这样跟她说："小梦，很抱歉没有经过你的同意就把你带来了这个世界。这个世界很美，但也很危险。妈妈教给你的第一件事，就是希望你能学会保护自己。等你能抵挡大海风浪的时候，你可以选择回到我们的故乡，也可以留在人类社会继续生活。如果你选择的是后者，记住一定不要让别人发现你的秘密……"

夏云梦不知道妈妈受到过什么样的伤害，但在她看来，这个世界又新奇又

126

刺激，这里的人们都很善良，她喜欢这里，她想留下来和人类生活。

让她做出这个决定的另一个原因是某个跟她有过一面之缘的陌生女孩。那年，夏云梦刚刚七岁，妈妈就离开了家。她哭着来到一个没有人的沙滩，想从那里游回妈妈说的故乡。没想到海上的风浪来得太快，她刚下水就被海浪冲了回来。天上月光皎洁，夏云梦抱着冰冷的身体哭泣。海浪一阵阵拍打着沙滩，她原本白皙娇嫩的双足逐渐变成了一条鱼尾。

就在这时，游人早已散去的沙滩上突然出现了一个小女孩，她看上去和夏云梦年龄相仿，手里拎着一个红色的小桶，里头装着她的沙滩玩具。

夏云梦错愕地抬起头，婆娑的泪眼正好对上了陌生女孩的目光，她下意识地想把鱼尾藏起来。

出人意料地，女孩完全没有被吓到，她好奇地看着夏云梦，问："你为什么要哭啊？"

夏云梦紧张地看着她，小声地回答："我……我妈妈不见了……"

听了她的话，女孩的表情很苦恼，似乎也对这个问题感到无可奈何。不过，她很快就被那条从未见过的鱼尾吸引了，甚至还想去摸一摸。

夏云梦很害怕，不停地往身后的沙滩缩去。

"你的脚怎么了？"女孩见她躲着自己，就停下了动作，指着她的鱼尾问，"为什么你长出了尾巴？"

夏云梦想起了妈妈临走前的话，生怕这个女孩喊来其他人。她惊恐地看着小女孩，语无伦次地说："我，我……"

"好可惜哦。"女孩蹲下身来，把小桶放在一边，双手托腮看着她，"如果你没有脚，我就不能把我最喜欢的红皮鞋给你穿了……"

夏云梦愣住了，她呆呆地望着小女孩，从那双天真的眼睛里看到了自己的

影子——

一个长着鱼尾的人，是多么另类。

但这个女孩一点儿都不害怕，她看向夏云梦的眼神那么平静，只有发现新事物的惊喜，是单纯的喜欢。

女孩陪夏云梦待了一会儿，直到远处传来了父母着急的呼喊，她才提着小桶慢吞吞地站起来。

夏云梦趁机逃走了。她不知道女孩有没有把自己的事告诉其他人，她只知道，在后来的很多年里，没有人来找过她，也没有人发现她的秘密。

和那个陌生女孩的相遇，是夏云梦心里最温暖的回忆。

她决定在这里生活下去。

被福利院收养以后，夏云梦和其他小孩一样有了上学的机会。她很努力，从小学到高中，成绩一直很好，这也让她有了继续向前的机会。在某个仿佛被炭火烧烤的夏天，夏云梦和千千万万个人类学生一起参加了高考。

八月，她收到了当地一所理想大学的通知书。

夏云梦不知道自己想追求什么，但她觉得这样很快乐。她想融入人群，和他们一起经历喜怒哀乐和悲欢离合，这是她想要的人生。

开学的时候，夏云梦像一只放飞的白鸽，全心全意扑进了新生活的怀抱。

挤在一群兴致勃勃的新生中报完名，夏云梦找到了六楼的宿舍。有两个女生比她早一点儿到，都是很善良的女孩子，夏云梦很快就和她们搞好了关系，然后相约去逛校园。夏云梦趴在围栏上，朝楼下探出头，远远地看见有个瘦小的女生拖着两个大箱子往这边走来。

她是……

夏云梦的眼睛亮了起来，思绪飞回了多年前的那个月夜。

那个可爱的女孩果然在这一带生活啊！

夏云梦飞奔着下楼，径直冲到那个拖着行李箱的女生面前。

"你……你好！"夏云梦有点儿紧张，结结巴巴地跟对方打招呼，"请问你需要帮忙吗？我，我也是新生，我来帮你拿行李吧！"

女生长了一张娃娃脸，烫成金色的秀发微微卷曲，将白里透红的皮肤衬得宛如糖果般可爱。有些惊讶于夏云梦的热情，她愣了一下，犹豫地说："我的箱子很沉哦！"

"没关系，我力气很大的！"夏云梦握紧双拳做了个奋斗的动作，不由分说地接过了女生的两个行李箱。

"我们一人拿一个吧！"女生不好意思地说。

"不用不用，我拿得动！"夏云梦一手拖一个沉重的大箱子，像装了电动马达似的往宿舍楼跑去，嘴里还不忘打听，"你住几楼啊？对了，你叫什么名字？"

"我叫薛晓豆，你叫我晓豆就可以了！"女生连忙跟上来，"我的宿舍在六楼！"

夏云梦脚步一停，脑子里像是有一道火花迸射出来，她无比期待和紧张地问："609？"

"对呀！"薛晓豆点头，一脸惊喜地看着她，"难道你也是？"

"我是609的夏云梦！"夏云梦高兴得要飞起来了，"宿舍还有两个人，思思和二梨！她们已经到了！"

说着，她忙不迭地把行李箱搬进了宿舍楼。

薛晓豆本想叫宿管阿姨帮一下忙，没想到夏云梦已经拖着箱子哐当哐当地

上去了。她难以置信地跟着爬上了楼梯，心里不停咋舌："天啊，这个女生的力气好大！"

"到了！"夏云梦拖着两个沉重的行李箱健步如飞，一鼓作气爬上了六楼，把舍友们震惊了一下。

"小梦，这是你一个人拿上来的？"

"你到底吃什么长大的？"

"嘿嘿！"夏云梦朝两个舍友腼腆地笑了笑，回头正好看见气喘吁吁的薛晓豆，"欢迎来到609！"

"哇！好可爱的女生！欢迎欢迎！"

"我们来帮你整理床铺吧！"

听到舍友们热情洋溢的招呼，薛晓豆一下子脸红了，心里暖暖的。开学第一天就遇到这么多好心人，大学生活真是让人充满期待！

四个女生互相认识了一下，大家年纪相仿，性格都是活泼外向型的，很快就打成了一片。夏云梦对薛晓豆特别热情，主动帮她整理杂物，把衣服、鞋子收拾好，摆放整齐。夏云梦蹲在地上，看着那一排鞋架上的鞋子，像是发现了什么有趣的事情，说："原来你真的喜欢红鞋子啊！"

"什么？"薛晓豆觉得这句话有点儿奇怪，不过没有太在意，笑着说，"女生都喜欢红色，小梦不喜欢吗？"

"嗯！喜欢！"夏云梦看向她。

"晓豆好了没？我们打算去学校逛逛，再一起去食堂吃饭。"思思招呼她们。

"好，我要去！等等我，我马上就来！"

收拾完毕，四个女孩嘻嘻哈哈地出了门。

　　第二天是新生欢迎会，夏云梦起了个大早。刚刚经历了人生中最漫长的一个暑假，大家习惯了散漫的生活状态，一个个都变成了起床困难户。夏云梦只得一个个把人叫醒，然后帮她们打好热水。

　　"小梦，你好早！"薛晓豆打着哈欠，从感觉陌生的床上爬起来。

　　"今天有新生欢迎会，八点要去集合！"夏云梦好笑地看着睡眼蒙眬的她，"迟到可不好！"

　　"欢迎会？哇！不知道今天会不会见到很多帅哥呢？"薛晓豆幻想了一下本届男生的样子，像是突然想到了什么，紧张地说，"现在都七点多啦！不行不行，小梦，你去帮我们占几个位子吧！要隐蔽一点儿的，最好还能看到所有男生！"

　　"好吧，那你们要快点儿哦！"夏云梦无奈地摊手。

　　"就来就来！"几个女生大呼小叫地爬下了床。

　　夏云梦来到新生集合的礼堂，一个人占了四个位子，然后给宿舍的人发短信。由于看帅哥这个强大无比的动力，薛晓豆她们洗漱的速度堪比流星火箭，居然赶上了欢迎会。

　　"小梦！你太好啦！"薛晓豆一来就抱着夏云梦的胳膊不肯撒手，"你这两天帮了我好多忙，怎么这样能干呢？"

　　"对呀！"坐在后面的思思笑着说，"小梦超会照顾人的！如果你是个男生，我就追你了！"

　　"小梦才看不上你呢！"二梨撇嘴，"小梦肯定喜欢我这种乖巧的女生！"

　　听着舍友的打趣，夏云梦和薛晓豆对视一眼，不约而同笑了起来。

会议开始了，新生辅导员发表了热情洋溢的讲话。底下的学生听得激情澎湃，仿佛看到自己在大学四年如何如何努力收获一大堆奖状和证书的情景。薛晓豆却听得有些犯困，她拿出了手机，打算上网打发时间。

"现在有请学生代表秦念晟上台发言！"主持人用极具煽动性的语气报幕，"新来的同学们可能不知道，念晟是我们大二的优秀学生代表，也是校学生会的干部，管理能力非常卓越，也经常拿国家奖学金，更重要的是，他长得特别帅……啊，他上来了，学妹们看到了吗？"

主持人话音刚落，台下适时响起了一片尖叫。

薛晓豆刚把手机解锁，就被这阵哄闹吸引了。她抬头向台上看去，不由自主地屏住了呼吸，手机"啪"地摔在了桌子上。

"晓豆？"夏云梦见她走神，忍不住碰了碰她。

薛晓豆回过神来，猛地抓住了夏云梦的胳膊，兴奋又拼命压抑着声音说："小梦，你快看！台上那个学长好帅啊！"

夏云梦看了那人一眼，发现是个子高挑的男生，头发细碎有型，五官精致，那双黑色的眼睛仿佛会说话，非常有神采。

相较于台下的新生，这个人的确算得上形象出众。

"秦念晟？我听我老乡说过，他有一米八哦！"思思凑上前来，跟舍友分享打听来的第一手资料，"从咱们这个角度看，他有点儿瘦，但其实他有六块腹肌呢，身材超好的！秦家是做医药生意的，非常有钱。反正啊，这个秦念晟学长就是个高富帅！可惜，我老乡说他不太好追，据说上学期还拒绝了校花的表白呢！"

"为什么呀？"薛晓豆急忙问，"他不喜欢漂亮的女生吗？"

思思摇了摇头，说："听说他家教比较严，不喜欢太招摇的女孩子，谁让

我们校花以前交往过男朋友呢！"

"你的意思是……"

思思挑了挑眉，低声说："秦学长还是单身！"

"哇！"薛晓豆忍不住站了起来，顿时惹来一片注视，就连台上的人都忍不住朝这边看了一眼。

薛晓豆吓了一跳，赶紧坐回了位子上，把脸埋在了夏云梦臂弯里。

"小梦，我好紧张……"薛晓豆害羞地说，"他就是我理想中的那个人！"

夏云梦有些诧异地看着她，这么快就能喜欢上一个人？人类的感情还真是奇妙。

没感觉到周围异样的目光，薛晓豆悄悄地抬起头来，兴奋的双眼直勾勾地盯着台上的人。不知想到了什么，她突然脸红地倒在了夏云梦的怀里。

"他完全符合我对未来配偶的想象……"薛晓豆拍着胸口说，"好喜欢他……"

夏云梦笑了起来。

薛晓豆热情、活泼，很有生气，会肆无忌惮地表达自己的感情。夏云梦喜欢她，喜欢人类，和这样充满活力的物种在一起，连鲛人体内冰冷的血都跟着变得滚烫起来。

在这里生活真好。

2.

新生入学后，系里组织了第一次活动。

大学城在开发区，周边有很多尚未被钢筋水泥改造的原生态青山绿水，离

学校又近，是非常适合郊游的地方。

系里把大一新生的第一次活动定在这里，学生分成了几组，由辅导员和学生会干部带队，秦念晟恰好被分到了夏云梦班上。

听到这个消息的薛晓豆几乎要跳起来了，连连大喊："我好紧张！我怕面对秦学长，怎么办？我不知道要穿什么衣服了！"

"郊外可能有蚊虫，穿长裤吧。"夏云梦真诚地建议。

"不行！我一定要让学长看到我最好的一面。"薛晓豆说，又指着夏云梦的衣服跳起来，"小梦，不要穿裤子！这么好的机会，你应该好好表现一下，这样才能给男生们留下好印象！快去换条裙子，快快快！"

夏云梦迟疑了一下："我觉得不太适合……"

"陪我一起穿裙子嘛！"薛晓豆像牛皮糖似的黏了过来，拉着她的手左右摇摆，"大不了穿长裙，这样就不会被蚊子咬了……"

"好吧……"夏云梦投降。

"哇！"薛晓豆找到伴了，活蹦乱跳地去翻衣柜。

最终，夏云梦找出了海蓝色的长裙，和毫不顾忌众人目光穿了一套欧式洋装连衣裙的薛晓豆一起出现在郊游的队伍里。

薛晓豆有一张小圆脸，加上天然卷发，本身就像是可爱的瓷娃娃。这一套层层叠叠的连衣裙更将她腰细的优点衬托出来，一出场就赢得了很多人的注视。

薛晓豆对这个效果很满意，更加期待秦念晟看到自己时的反应。

新生们在学长们的带领下去了橙乡。九月份正是吃橙子的季节，一群人大呼小叫地溜进了橙林，摘了好多橙子出来。

半个小时后，大家围在橙子主人身边，按橙子数量付钱。夏云梦和薛晓豆也摘了不少，弄得身上有些脏，便约了几个女生去附近的湖里洗手。正巧秦念晟过来了，说女生们出行不太方便，他打算陪着一起去。

薛晓豆窃喜，努力维持住脸上的表情，拉着夏云梦的手走在队伍的最后面，一双眼睛止不住地打量最前面的秦念晟。

"晓豆，你这么憋着不是办法，应该找个时间表白。"夏云梦在她耳边低语。

"知道啦！"薛晓豆羞红了脸，忍不住跺了跺脚，"我也在找机会嘛！"

几个女生来到了清澈的湖边，看到湖水都很心动，三三两两去洗手。秦念晟帮她们看管橙子，不料有几个橙子没放好，骨碌碌滚下了坡。秦念晟追着去捡，冷不防一脚踩空掉进了水里。

"啊！秦学长！"薛晓豆第一个发现了这事，紧张地大喊起来，"学长，快上来！"

秦念晟本能地想站起来，没想到脚下踩了个滑石，又摔进了水里。湖水漫过他的脖子，秦念晟扑腾了几下，呛了几口水，身体不由自主地往湖心漂去。

"糟了！快去叫老师！"有个女生大喊，"找其他同学过来！秦学长不会游泳！"

薛晓豆一听，脑子里嗡的一声，差点儿站不稳。她紧紧地盯着湖里的人，嘴里念念有词："救命，救命啊……"说着，她情不自禁地向前迈了一步，准备下水救人。

正在这时，身边有个人拉了她一把。薛晓豆回头，只见夏云梦看着自己，眼神坚定地说："我会水，我去。晓豆你放心，我一定会把秦学长救回来的。"

说完，夏云梦向前两步，在同学们的惊呼声中跳进了湖里，身体划出了一道优美的弧线。郊外的清风吹动她身上那条海蓝色的长裙，清澈的湖面溅起了微小的水花。

"小梦！"薛晓豆紧张兮兮地看着湖面，"学长在那边！你要小心啊！"

夏云梦入水之后，灵活得就像湖里的游鱼，很快就游到了秦念晟的身边。秦念晟呛了水，意识有些混乱，只能勉强睁开眼睛。夏云梦游到他身边，一手揽住他的身体，用力将他带出了湖面，另一只手奋力划水，将他送回了岸边。

"秦学长！"薛晓豆扑到了秦念晟身边，用尽全身力气将他拉了起来。

剩下的几个女生见状，全都围过来帮忙，几个人手忙脚乱地把秦念晟拖到了干燥的草地上。

"学长！"薛晓豆抱着半昏迷状的秦念晟，眼泪不由自主地落了下来。她不知道该怎么办，试着用指甲掐了掐秦念晟的人中，突然又"哇"的一声哭了起来。

"小梦！你快上来！"薛晓豆看了一眼还在湖里的夏云梦，哭着问，"我该怎么办？你快来帮帮我！"

夏云梦爬上了岸，衬衫和长裙完全湿透，紧紧地搭在她修长的身体上，显得有些狼狈。她过来看了一下，安慰道："他只是喝了几口湖水，没事的，一会儿就醒了。"

"是吗？"薛晓豆有点儿茫然，手足无措的她下意识地把夏云梦当成了最值得信赖的人，连连说，"谢谢你，小梦……"

其他女生也关切地看着夏云梦，她笑了一下，但表情很快又变了。

湿哒哒的裙子贴在她的小腿上，她能察觉到小腿处出现了冰凉又紧绷的感觉，像是被某种低温的东西吸附住了。她下意识地往后退了两步，身体瑟瑟发抖，总感觉下一秒就会有人发现她小腿上的鳞片。

"我感觉有点儿冷，先回去换衣服了。"夏云梦说完，逃也似的离开了湖边。

"我们陪你回去吧……"几个女生见她一个人跑了，本想追上去，没想到刚走两步就被甩下了。

薛晓豆看着夏云梦的背影，正想说点儿什么，怀里的人突然剧烈地咳嗽起来。

"咳咳！"秦念晟头一歪，吐出了几口湖水，眼睛缓缓地睁开了。

"学长！"薛晓豆欣喜地低头看着他。

"是你救了我吗？"秦念晟看着头顶上方那张眼睛红肿的娃娃脸，有些虚弱地笑了一下，眼里却散发着某种奇异的光彩。他注视着怀抱自己的薛晓豆，轻声说："在湖里的时候，我仿佛看见一条美人鱼朝我游了过来，那个人是你吗？"

薛晓豆被他的目光看得胸口发热，她下意识地回头看了一眼夏云梦离开的方向，那边早就没有人影了。

夏云梦知道自己喜欢秦念晟，如果她看到这一幕，也会为自己终于迎来一个亲近心上人的机会而开心？薛晓豆想着，重新和秦念晟对视，轻轻地点了一下头，说："学长，我是一年级的薛晓豆。你现在没事吧？"

秦念晟没有回答，只是用灼灼的目光看着她，微笑着说："很高兴认识你。"

薛晓豆的心一下子就暖了。

活动因为突发的意外终止了，高年级的学长再也不敢放松警惕，亲自把每

一个人护送回了学校。秦念晟给家里打了电话，很快就有人开车来接他回去。临走前，他特意问了一下薛晓豆的班级和宿舍，并再次表达了感谢。

薛晓豆晕晕乎乎地回到宿舍，发现夏云梦换上了长衣长裤，整个人缩在被子里，思思和二梨正陪着她说话。

薛晓豆心里涌起了无限愧疚，眼圈立刻红了。她走到夏云梦的床边，哽咽地说："小梦，谢谢你救了秦学长。还有，对不起，我……我利用了你！"

"怎么了？"夏云梦见她开开心心地回来，不到一秒又变了表情，忙问，"出什么事了？"

"秦学长醒来的时候第一个看到的人是我，他问是不是我救了他，我……我没有否认！"薛晓豆低下头，用充满愧疚的语气说，"我想借这个机会跟他认识，所以一时鬼使神差……小梦，我真的对不起你！"

"好啊！你这个见色忘义的家伙！"二梨立刻仗义讨伐，"小梦为了救人弄得全身都湿了，你居然抢了她的功劳，真是有异性没人性！"

"对啊，晓豆，你这样做不太好吧？"思思附和。

"我知道错了！"薛晓豆说，"我以后会找机会跟秦学长解释的！只要我能跟他……"

"好啦！"夏云梦打断了她们几个，有点儿好笑地说，"这又不是什么大不了的事，我一点儿都不介意。再说了，我去救他，本来也是为了晓豆啊！我还不想被他知道救人的是我呢，晓豆认了这个事，正好帮我解决了一个烦恼！"

"真的？"薛晓豆两眼泛光，满怀感动地看着她，"小梦，你真的太好了！"

"哎呀，我们小梦就是心肠太好。晓豆你要怎么报答人家，自己看着办

吧！"二梨说。

"我……"薛晓豆想了一下，马上翻箱倒柜，把柜子里的零食全部拿了出来，讨好似的放在了夏云梦面前。

"我把所有的零食都给小梦！"薛晓豆双手握拳，做发誓状。

夏云梦看她开心，自己也开心起来，忙说："这个不是什么大事……"

"小梦你别说话！今天是你帮晓豆创造了接近心上人的机会，她本来就应该感谢你的！"二梨打断她，赶紧招呼思思，"思思，快来吃！"

两个女生像仓鼠一般扑向了满床的零食。

"小梦，谢谢你原谅我。"薛晓豆爬上了床，轻轻地抱住夏云梦，一脸陶醉地说，"如果我真的追到了秦学长，到时候再请你吃更好吃的东西！"

夏云梦替她感到开心，用力地点头："好！"

"那你喜欢吃什么？"薛晓豆问。

"海鲜大餐！"二梨提议。

"高级牛排！"思思也举手。

夏云梦本想说什么，看了看大家的表情，脑子里浮现出一个热闹的场景，并在第一时间觉得，这种美食是最好的选择。

"火锅！"夏云梦大声说，"到时候，我们全宿舍的人一起去吃！给晓豆庆祝！"

"太好啦！"二梨和思思欢快地鼓掌。

"那说好了，如果我真的能和秦学长在一起，我就请小梦还有你们，吃遍全市的火锅！"

"不许毁约！晓豆快发誓！"

"对！发誓发誓！"

薛晓豆无奈："好吧，我发誓……"

"学长难追，学妹要加油！"

温暖的609宿舍洋溢着女生们的笑声，大家开始帮薛晓豆出谋划策，扬言要在一个月内拿下秦念晟。

3.

秦念晟不愧是出了名的难追，即便在"救命恩人"的光环下，薛晓豆依然花了两个月时间，不过好在她终于把这座高山踏平了。

整个609宿舍都为薛晓豆感到开心，尤其是夏云梦，看到好朋友得到幸福，她心里也很满足。

正式交往一个月后，秦念晟主动提出要请薛晓豆宿舍里的人吃饭。地点是薛晓豆选的，定在市区的一家很有名的火锅店。

聚餐那天，薛晓豆跟秦念晟事先约好了在火锅店见面，由薛晓豆带着全宿舍的人一起去找他会合。

薛晓豆抱着夏云梦的胳膊，一路都在说关于秦念晟的点点滴滴。几个女生叽叽喳喳，很快就到了市区。夏云梦远远就看见了火锅店的巨大招牌，脚步不自觉地停下。她的脸色变得有些苍白，犹豫了一下问："是前面那家吗？"

"对！"薛晓豆兴奋地说，"念晟在里面等着我们呢！"

"我，我不去了……"夏云梦脸色惨白，她万万没想到薛晓豆会带自己来一家鱼火锅店。

"小梦，你怎么了？"薛晓豆关切地问，"你是哪里不舒服吗？"

"不是，我……"夏云梦为难地说，"我对鱼肉过敏。"

"对哦！"二梨像是想起了什么，说，"我好像从来没见过小梦吃鱼！"

"啊？都怪我不好，竟然没注意到你不吃鱼。"薛晓豆懊恼地说，"念晟已经订了位子了……唉，我去跟他说，让他换一家吧！"

"那我们吃什么呀？"思思问。

"我给念晟打个电话，等下再决定吧！"薛晓豆放开夏云梦，走到一边打起了电话。不一会儿，一个高高瘦瘦的男生从前面那家店里走出来了，径自来到四个女生面前。

"念晟！"薛晓豆开心地跑到他身边。

秦念晟拍拍她的脑袋，又朝面前的几个女生点点头，当他的目光落在最后面的夏云梦身上时，表情微微一怔。

"念晟，我来给你介绍一下。她们都是我的舍友，二梨、思思、小梦。"说着，她又跑到夏云梦身边，把她拉到秦念晟面前，说，"小梦是我最好的朋友，她帮了我好多，是我们宿舍的'女神'！"

"对！"二梨凑上来，说，"我们小梦什么都会做，比男生还厉害！男生能做到的事，她都能做到；男生做不到的事，她也能做到！"

"所以说，小梦应该是我们宿舍的'男神'吧！"思思笑着说，"秦学长，你应该庆幸小梦是个女生，不然晓豆喜欢上的人就是她了！"

几个女生笑成一团，夏云梦也抿嘴笑。她看了一眼面前的秦念晟，忽然发现他看自己的目光有点儿奇怪。

"小梦……"他低声重复着这个名字，眼里有说不清道不明的光芒，像是欣赏，却又有些热辣。

夏云梦觉得不太舒服，忙说："我们换个地方吃饭吧！你们想吃什么？"

"既然小梦不吃鱼，那我们……"二梨想了想，大声说，"我们去吃烧烤吧！"

　　"好啊！"思思高兴地说，"我在来的路上看见了一家烧烤店，蛮不错的样子，我们可以去那里！"

　　薛晓豆羞涩地看着身边的人，问："念晟，你觉得呢？"

　　秦念晟笑了笑："今天你们是客，当然随你们决定。"

　　"那我们走吧！"

　　二梨和思思带路，夏云梦跟着她们，薛晓豆牵着秦念晟的手走在最后。秦念晟的目光几乎没有离开过夏云梦的背影，他觉得很惊讶，这个女生身材高挑，五官清秀，虽然不是薛晓豆这种可爱型的，但非常耐看，甚至越看越有味道。

　　很美啊，这个女生。他想。

　　到了烧烤店，几个人轮番点菜，二梨更是主导了烧烤架，不停地往上面加东西。

　　秦念晟陪着她们吃，眼睛总是时不时地看向夏云梦，终于，他忍不住开口："你们喜欢这家店的味道吗？"

　　"嗯，好吃！"二梨大声回应。

　　思思附和："对！太好吃了！谢谢学长请客。"

　　薛晓豆文雅地嚼着二梨烤的牛肉，轻声说："我也觉得好吃呢！"

　　秦念晟的目光落在了对面的夏云梦身上，问："小梦同学呢？我看你吃得很少，是不是不喜欢这些菜？你想吃什么，我让服务员再送来。"

　　"啊？"夏云梦专心致志啃着鸡翅，一时没反应过来，抬头接触到秦念晟的目光，又感觉不自然起来，忙说，"我觉得还行。"

　　薛晓豆笑着说："除了不吃鱼，其他东西小梦基本不挑。"

　　"哦，这样啊！"秦念晟随手夹过一块烤好的蘑菇放进薛晓豆的碗里，又

对夏云梦说，"那你应该多吃点儿，女孩子太瘦了也不好。"

夏云梦本以为他的这句话是对薛晓豆说的，但对方的眼睛总是看着自己，这让她有些不自在。

"我最喜欢吃蘑菇了，谢谢念晟！"薛晓豆开心地说。

听到她说话，秦念晟回头看了一眼，冲她笑了笑，又把头转过来，问夏云梦："小梦喜欢吃什么？"

夏云梦皱了皱眉头，恰好看见二梨烤好了一块鸡翅，忙用筷子夹过来。

"我要吃鸡翅！"

"小梦！"二梨抓狂，"你已经吃了一块了，我还没吃呢！我好惨啊，居然沦落到给你们所有人烤东西！"

思思毫无愧疚感地嘲笑她："是谁争着抢着要烤东西的呀？现在可怪不了我们。"

夏云梦在一阵欢声笑语中低下头安静地吃东西，再也不理会秦念晟的目光。秦念晟没找到合适的机会，只好暂时放弃和她接触的念头。

虽然秦念晟在餐桌上没有过多纠缠，但夏云梦心里总不是滋味。薛晓豆那么喜欢秦念晟，无论何时何地，眼里心里都只有这个人，反观秦念晟，却似乎对这位乖巧可爱的女朋友不甚上心。

夏云梦有点儿担心，忍不住为薛晓豆祈祷，希望她的一番心意不会被辜负。

薛晓豆履行诺言，请全宿舍的人吃了好几顿大餐。不过，除了第一次有秦念晟在场，其他时候都是她自己请客。烧烤、火锅轮番吃下来，四个女生的感情越来越好。

143

不知不觉，她们这群大一新生入学几个月了。

二梨忙着追剧，薛晓豆完全沉浸在了恋爱的幸福里，思思进了学院的学生会，喜欢表演的她当了文娱委员，剩下夏云梦一个人孤单寂寞，无奈泡在了图书馆。

下了晚自习，夏云梦抱着书回到了宿舍，一开门就听见薛晓豆和思思在热烈地讨论衣服搭配。夏云梦见状，忍不住问："晓豆，你今天不是有约会吗？怎么这么早就回来了？"

"还不是因为思思的夺命连环电话……"薛晓豆无奈。

思思像发现新大陆似的扑向了夏云梦，把她吓了一跳。

"小梦！"思思整个身体都挂在了夏云梦身上，表情极其夸张，"我们学院要举办文化节了，这个你知道吧？"

夏云梦点头："好像是有这么回事。"

"作为全宿舍的热心肠，你不能见死不救啊！"思思大叫起来，"我们有个活动的人数不够，现在正在找人凑数呢！你和晓豆的身材、外形都很适合，所以……你懂的吧！"

夏云梦好笑地看着她："你就是为了这个打扰人家晓豆约会啊？"

"可不是嘛！"薛晓豆控诉，"念晟这段时间很忙，我一直想好好陪陪他，结果呢，今天我和他见面不到十分钟，思思就打电话叫我回来试衣服！"

"思思这么急啊？"

"很急！"思思做哭诉状，"其他人找了几天了，一直没找到合适的人，只能由我亲自出马来请我们宿舍的两位大美女了！你们一定要帮我啊！"

"好吧！"夏云梦无奈地说，"看在你这么夸我的分儿上，我就勉为其难帮帮你吧！"

"哇！"思思跳了起来，连忙拿了一套连衣裙递给夏云梦，"小梦，你也试试这件衣服！"

"裙子这么短啊？"夏云梦表情纠结，对她来说，那种要露出两条腿的短裙、短裤总是让人没有安全感。

"没办法，集体表演嘛，学院统一采购的表演服都是短裙。"思思讨好似的双手合十，恳求似的看着夏云梦，"小梦，你身材这么好，穿上一定很好看！"

夏云梦犹豫了一会儿，还是拿去试了。

她和薛晓豆换好衣服，并肩站在思思面前。一个娇小可爱，像是洋娃娃活过来了，一个长腿惊人，宛如T台模特，再加上两个人的五官都很精致，这样一看简直像在佳丽大赛的现场。

"好好看啊！"思思拼命鼓掌，"相信我，你们一定会让台下众人倾倒的！真是太美了！"

夏云梦和薛晓豆相视一笑，都很无奈地耸了耸肩。

第二天开始，夏云梦和薛晓豆就跟着学校的表演队去排练，到了文化节那天，她们一上台就震惊了学院的师生。

"这一届的女生好漂亮啊！"台下的人纷纷赞叹。

表演即将开始，天却突然下起了小雨。夏云梦站在露天的舞台上，心里惴惴不安。

节目时间不长，但台上台下一折腾，估计要耗去不少工夫。她站在表演的人群里，有一瞬间想落荒而逃。无奈音乐声已经响起，穿着白色短裙的女生翩翩起舞，她也只好跟着动了起来。

"快！快准备帐篷！"台前幕后的工作人员在飞速奔跑。

表演结束，大家的衣服都湿了。主持人上台，对女生们不惧风雨的勇气赞扬了一通，然后让她们赶快去休息，舞台要重新布置。

夏云梦脑子里绷着一根弦，队伍一解散，她就飞快地跑去了更衣室，甚至没听见薛晓豆在喊她。

小腿处传来冰凉的感觉，有什么东西像是要从皮肉里钻出，将她沾满雨水的小腿完全覆盖。夏云梦急得不行，一路上撞了几个人，终于回到了更衣室。她手忙脚乱地打开衣柜，将长裤翻了出来。

夏云梦转过身，背对着更衣室的门口，用颤抖的手把短裙脱下，套上了长裤。正在这时，她听到背后传来一个倒吸凉气的声音："小梦，你……"

夏云梦身体一僵，缓缓地转过身来。

站在门口的人，是薛晓豆。

夏云梦的视线顺着她的目光落在了自己来不及穿鞋的两只脚丫子上，那上面布满了丑陋的鳞片。

薛晓豆呆愣地望着她的下半身，很久都没有回过神来。夏云梦从她的眼睛里看出了无数情绪，震惊、疑惑、茫然、不解……

夏云梦深吸一口气，强作镇定地把衣服穿上了。她走到薛晓豆面前，做好了坦白一切的心理准备。

薛晓豆看着好友朝自己走来，意识还处在混乱之中，有些吃力地说："为什么……"

夏云梦没有说话。

她设想过无数次被别人发现秘密的情景，坦白说，薛晓豆的反应算是很给她面子了，至少没有惊慌失措地逃走，没有大喊大叫引来更多人围观。至少，

让她保住了自由，甚至保住了一条命。

"我……不是普通人。"夏云梦说，"抱歉，晓豆，我一直瞒着你。"

薛晓豆张大了嘴，过了好久才能说话："我小时候曾经在沙滩上见过一个人身鱼尾的女孩，我一直以为那是我的一个梦，没想到世界上真的有……人鱼？"

薛晓豆在脑海中思索着，过了好久才找到一个合适的词。

她看到了夏云梦换衣服的过程，那双原本白皙修长的大腿布满了滑腻的鳞片，像某种疾病在蔓延，无论如何也不能将之和美丽的人鱼联系在一起。

准确说来，夏云梦那个样子，更像是一个……怪物。

夏云梦一动不动地盯着她，听她说出了小时候的事，心里渐渐被一股暖流填满。

原来，薛晓豆一直没有忘记自己。

"晓豆！"夏云梦正要说点儿什么，门外却传来了一阵凌乱的脚步声，还有一个听上去有些急切的男声。

"晓豆在不在里面？你找到夏云梦了吗？"

"是念晟。"薛晓豆调整了一下呼吸，尽力让情绪平静下来，语气似乎和平时没什么两样，"他在找我们，他说想请你吃饭。"

"我……"夏云梦无言以对。

薛晓豆深深地看了她一眼，打开门出去了。

夏云梦听到她的脚步声渐渐离开，一颗心悬到了嗓子眼，过了一会儿，只听薛晓豆在跟秦念晟说话。

"小梦身体不太舒服，淋了雨担心感冒，已经回宿舍休息了。"

"她怎么样？严重吗？"秦念晟有些担忧。

　　"她没事……"薛晓豆的声音变低了，"我们走吧。"

　　夏云梦挨着更衣室的墙壁坐了下来，身体贴在冰冷的地板上，悬起来的心慢慢放了下来。

　　薛晓豆没有泄露她的秘密，她暂时是安全的。

（二）软刺

4.

对于夏云梦的秘密，薛晓豆采取了漠视的态度。

她虽然没有四处宣扬，装作什么都没有发生的样子，但两人的关系还是变得不一样了。尤其是在夏云梦脱鞋穿鞋的时候，薛晓豆总是不由自主地盯着那边看，当她发现夏云梦的脚又变得和平常人没什么两样的时候，眼里的震惊是无法掩饰的。

没办法，一个在现代社会长大的人类女孩，突然看见了一种从未见过的生物，总需要一个接受的过程。

这段时间，她一个人吃饭，一个人上自习，偶尔和二梨、思思一起，但不再主动找夏云梦了。

女生的心思很敏感，二梨和思思敏锐地察觉到薛晓豆和夏云梦之间发生了什么，甚至猜测是因为秦念晟。

她们小心翼翼地安慰薛晓豆，却让她心里更忧愁了。

薛晓豆心里藏着一个秘密，这个秘密关于一个女生的名誉和安全，她无法跟任何人倾诉，即便和秦念晟在一起的时候，也显得心事重重。

不知道是不是因为这个，薛晓豆觉得秦念晟对自己很不满。

她很想跟秦念晟坦白，可是一想到夏云梦那种慌张不定的眼神，又忍住

了。带着这种压力，她和秦念晟之间的关系不但没有更进一步，甚至隐隐出现了嫌隙。

反观夏云梦，她和以前一样潜藏在人群中，上课、吃饭、自习，好像并没有因为真实身份被发现而恐惧。

当然，无论如何，她还是有点儿紧张的，她害怕薛晓豆把自己身体的秘密说出去，这点薛晓豆看得出来。

也许是出于对薛晓豆的信赖，也许是习惯了普通人的生活，夏云梦没有选择逃离。

薛晓豆必须为她隐瞒秘密，忍得很辛苦。

秦念晟约她出去，薛晓豆好好打扮了一下，决定把夏云梦的事暂时放下，毕竟夏云梦只是她人生中的一个过客，而秦念晟才是她的未来。

到了校外的咖啡店，薛晓豆一眼就看到了窗户边的秦念晟。这个男生又高又帅，就连背影都那么优雅，和店里其他人有明显的区分。

薛晓豆远远地看着秦念晟的背影，觉得自己这段时间真是糊涂了，遇到秦念晟是她的幸运，她不应该为了别人分心，要好好把握住这个男生才对。

"念晟，我来了。"薛晓豆微笑着和秦念晟打招呼，在他对面坐下。

秦念晟把玩着手机，闻言看了她一眼，说："晓豆，我有很重要的话想跟你说。"

"我也有很重要的话想跟你说。"薛晓豆捏着衣摆，紧张不安地说，"我这段时间太任性了，没顾及你的感受，我……"

"没关系。"秦念晟打断了她的话，"其实我也不想再陪你演下去了，我们到此为止吧。"

"什么？"薛晓豆呆住了。

她知道秦念晟心里不满，对自己的态度有了变化，但她没想到，他竟然会说出这么狠心的话。

薛晓豆急切地去抓他的手，语无伦次地道歉："我知道我做得不好，我会努力改正的！念晟，请你相信我，我心里是很喜欢你的……"

"你喜不喜欢我并不重要，问题在于你一开始就骗了我。"面对薛晓豆的告白，秦念晟无动于衷，而是拿起了手机，递给了薛晓豆。

"还记得我们去橙乡郊游的事吗？"秦念晟冷冷地看着她，"救我的人根本不是你，你冒名顶替了夏云梦！"

薛晓豆被他冷漠的眼神注视着，顿时浑身冰凉。她用颤抖的手点开了手机播放器，当日的画面一一浮现。

"那天不只有我们几个人在场，还有其他人。幸好她们拍下了这个视频，不然我永远都不会知道自己被骗了。"秦念晟越说越愤怒，当他看到夏云梦不顾一切纵身跃下湖水的时候，内心被深深地震撼了。

那个为了救他的性命而不惜一切的人，不是薛晓豆，是夏云梦。

他不禁又想起了那日见到夏云梦的情景，他本以为那次见面是他们的初见，他才会对那个女生感到惊艳。

原来不是的，夏云梦曾经跳下冰凉的湖水救了他的命，他们之间的交集远比现在更深远。正是因为这个原因，他才会在见到那个女孩的第一眼就被她打动了吧？

而这一切，夏云梦都瞒着他，甚至任由身边的好友将他抢过去。

秦念晟的心很疼，为受骗的自己，也为夏云梦。他相信夏云梦对自己是有感觉的，但为了所谓的友情，她选择了无条件退让。

但秦念晟受不了，当他发现事情真相的时候，心情是那么愤怒。薛晓豆每

天都能到享受他的疼爱和照顾，毫无愧疚之意，她那张看上去天真可爱的脸在秦念晟眼里逐渐变得丑恶，直到他忍不住摊牌。

"念晟……"薛晓豆放下手机，晶莹的眼泪顺着脸颊缓缓流下。透过模糊的泪眼看对面的人，薛晓豆几乎能感受到对方身上传来的残酷冷意。

"是，我骗了你，但我……"薛晓豆摇了摇头，努力压抑即将喷涌而出的泪水，哽咽着说，"我是真的喜欢你！这件事小梦是知道的，她知道我喜欢你，所以才把这个接近你的机会让给了我，而且我……"

薛晓豆哽住了。

说什么呢？说她其实已经报恩了吗？还是说，虽然夏云梦为自己付出过，自己也同样守着夏云梦的秘密？

再说了，夏云梦又不喜欢秦念晟，这样的交易，本来就很公平啊！

薛晓豆咬住了嘴唇，不敢说这些话。她知道秦念晟不会想听这些话。为了不给他留下更恶劣的印象，薛晓豆只能闭嘴。

"不管你们私底下做了怎么样的交涉，总之你骗了我，这是事实。"秦念晟说，"薛晓豆，骗来的感情是不会长久的，何况我真正喜欢的人，并不是你。"

说完，秦念晟站了起来。他拾起桌上的手机，放下买咖啡的钱，头也不回地离去。

"念晟……"薛晓豆坐在原地，看着他离开的背影，终于忍不住放声大哭。

夏云梦第一时间发现了这件事，她看到薛晓豆眼眶红肿地回到了宿舍，一句话也不说就爬上了床，掀开被子把头蒙住，不一会儿，里面就传来了压抑的哭声。

夏云梦想安慰她，却又不敢上前。

二梨和思思回来后，察觉到宿舍里诡异的气氛，不禁暗地里使了个眼色，大家就像约好了似的都不说话。

深夜，薛晓豆跑到外面去打电话，又哭了一场，直到凌晨才回来。

夏云梦很担心，决定弄清楚薛晓豆身上到底发生了什么事。她第二天旷了课，尾随薛晓豆去了大二年级上课的地方。

薛晓豆心情不好，根本没按时上课，前两节课都用来睡觉了，现在已经到了课间休息时间。薛晓豆来过这边的教学楼多次，熟门熟路地走去了某个方向。

夏云梦远远地跟着她，一个不留神就被甩开了。她心里着急，急忙在人来人往的教学楼找了起来。

终于，在经过一条空中走廊的时候，她看到楼下拐角处的花坛边站着两个熟悉的身影，是薛晓豆和秦念晟。两个人面对面站着，似乎发生了争论，彼此的脸色都不太好看，尤其是薛晓豆，她为了解释什么急得眼圈都红了。

夏云梦连忙跑下楼，经过拐角处的时候，她突然听到"啪"的一声响，有什么东西被扔到了地上，接着便传来了秦念晟的声音。

"你为什么还不明白？我当初会跟你在一起只不过是为了报恩，现在我发现就连报恩的对象都弄错了！我狠心？难道你骗人就不恶心吗？"秦念晟愤怒地把手机丢在了薛晓豆脚下，脸上出现了恼怒的神色。

"我直白地告诉你好了，真正让我动心的人是夏云梦。无论你再怎么装可怜，我都不会心软的！以后不要再联系我了，收起你这一套吧！一天到晚只知道哭，烦死了！"秦念晟说完，再也不理会薛晓豆，大步离去。

　　夏云梦亲眼看到他从花坛的另一边离开了，心里一紧，急忙从藏身的拐角出来，跑到了薛晓豆身边。

　　薛晓豆低着头，双手紧握成拳，眼泪像断了线的珠子似的不断落下。她的脸因为哭泣而变得通红，充满了各种情绪，伤心、绝望，还有被羞辱的难堪。

　　看到昔日爱笑的好朋友露出这样的表情，夏云梦自然而然地握住了她的手，心疼地喊："晓豆！"

　　薛晓豆听到她的声音，像触电似的猛然甩开了她的手，同时抬起头，用难以置信的眼神看着她。

　　秦念晟说，真正让他动心的人，是夏云梦！

　　那是什么时候的事？自己每天都在他们之间转悠，竟然完全没发现这个事实！

　　夏云梦吓了一跳，忍不住向前一步，薛晓豆条件反射似的后退了一步，表情充满了怀疑和愤怒。

　　"晓豆！"夏云梦的心脏处传来一阵绞痛，她有些无力地解释，"我跟秦学长没有任何关系！你要相信我！"

　　"走开！你这个怪物！"

　　薛晓豆瞪着她，眼神仇恨而凌厉。

　　夏云梦僵住了。

　　"怪物"两个字像是一种剧烈的病毒瞬间腐蚀了夏云梦的心，她能感觉到自己身体里那颗脆弱而冰冷的心开始碎裂、滴血，继而毒素蔓延到她的整个身体，冷得让她几乎以为自己全身都被鱼鳞包裹住了。

　　"晓豆……"夏云梦用颤抖的声音叫薛晓豆的名字。

　　薛晓豆近乎厌烦地看了她一眼，转身走了。

她当然清楚夏云梦和秦念晟没有不正常的关系，可是秦念晟莫名其妙地喜欢上了这个只见了几次的人鱼。

谁是骗子？薛晓豆恶狠狠地想，明明你们所有人都跟我一样！

夏云梦望着她的背影，一时间手足无措。

薛晓豆一直没有曝光自己的秘密，夏云梦本以为她正在慢慢接受自己的存在，没想到……

对于人类来说，自己终究还是一个怪物。

5.

那一天之后，秦念晟和薛晓豆彻底决裂，并开始正式追求跟薛晓豆同宿舍的夏云梦。

他找人帮忙给609宿舍送贵重的礼物，还亲自去堵下晚自习的夏云梦，被同学们议论纷纷。这一举动，毫无疑问让二梨和思思惊呆了。

她们完全不能理解，事情怎么突然就变成了这样。

秦念晟不是薛晓豆辛辛苦苦追来的男朋友吗？他什么时候喜欢上了一向安安静静的夏云梦？

薛晓豆有点儿惨，被秦念晟甩了之后，整个人都不对劲了，一连几天都不去上课，整天蒙在被子里哭，不管谁叫她都没有反应。

当然，这里的"谁"不包括夏云梦。

同样让二梨和思思不明白的是，夏云梦和薛晓豆明明是最要好的朋友，却在一夜之间为了一个男生变得形同陌路。

薛晓豆那么难过，而夏云梦只是沉默以对。

出于女生对感情问题的直觉，二梨和思思第一时间便想到了一个可能，应

该是平日里看似人畜无害的夏云梦插足了薛晓豆和秦念晟的感情，做了第三者。

虽然她们几个关系要好，在一起玩得不分你我，但不得不承认，夏云梦有绝对的资本让男生为她动心。

她的五官非常清秀，又带有一点点冷意，是那种很耐看的美女，还有一双大长腿，性格也好，而且无论什么事都难不倒她。这样的人，只要稍稍一耍手段，估计秦念晟就上钩了。

想通了这一点之后，二梨和思思不免悄悄地打了个冷战，看向夏云梦的眼神变得微妙起来。

夏云梦并不是没有感受到二梨和思思的刻意疏远，但她正在思考自己该何去何从，暂时顾不上这些。

她很喜欢薛晓豆，喜欢和人类一起相处，可是人类无法接受她作为"异类"的存在，这让她非常失落。

看到伤心绝望的薛晓豆，夏云梦隐隐觉得自己找个机会离开或许是最好的选择，但问问内心深处，还是舍不得。

那个月夜，天真年幼的薛晓豆蹲在人身鱼尾的夏云梦面前，想把最喜欢的红皮鞋给她穿。

还有很多喜欢她的小伙伴，还有二梨、思思，还有这片从小到大生活的土地，她和人类一起生活了十几年，这一切不是说放下就能放下的。

再说了，离开了这里，她应该去哪里呢？

就算换一个地方生活，迟早也会有被人发现秘密的那一天吧？到时候，又是一场风波。

以前的夏云梦从来没有这么强烈地意识到自己和这个世界格格不入，直到

薛晓豆对她说出"怪物"这个词。

她终于体会到了不被人接纳的滋味原来是这么孤单和苦涩，也渐渐明白了为什么妈妈离开前会给她两个不同的选择。

妈妈一定也经历了类似的事情，不，应该更严重，严重到她承受不住，最后选择在这个世界消失。

接下来，她该怎么办呢？

上了两节晚自习，但夏云梦一个字都没看进去。离开教室的时候，她低着头跟着人群走出去，却听到耳边传来一阵惊呼。

夏云梦下意识地抬起头，突然发现自己不知不觉间被刚下晚自习的同学们包围了。秦念晟站在她的面前，怀里抱着一束火红的玫瑰，眉目清俊的他朝她露出温柔的笑容。

"小梦，做我女朋友吧！"秦念晟满怀期待地说。

同学们骤然发出一阵起哄的声音。夏云梦顿时面红耳赤。欢闹声中，夹杂着几个女生的窃窃私语。

"就是她吧？"

"对，抢别人男朋友的小三，听说她和那个女生是好朋友呢，还住一个宿舍！"

"这可真够戏剧化的！秦念晟是不是瞎了眼？"

"啧啧，一个巴掌拍不响！我看那个男的也不是什么好东西，被人随随便便一勾引就上当了，看他俩得意的！"

"嘘！小声点儿！"

……

夏云梦的脸色逐渐变得苍白，双手僵硬地垂在身体两侧。隔着怒放的玫瑰，她看着笑容满面的秦念晟，深深地吸了一口气，说："对不起，秦学长，我不喜欢你。"

秦念晟一愣，夏云梦赶紧推开围观的人群，准备离去。

"那我以后可以追你吗？"秦念晟反应过来，大声问。

夏云梦脚步一顿，马上又大步走开，连头都没有回。快走了两步，她的余光微微一动，瞥到远处有一个落寞的身影，那是……

薛晓豆！

她今天怎么出来上课了？

夏云梦一惊，马上意识到她肯定看到了刚才的一幕，忍不住追了上去。

"晓豆！"

她一喊，原本被人群包围的秦念晟也微微一怔，过了这么些天，难道薛晓豆还没想通？

夏云梦追着失魂落魄的薛晓豆而去。薛晓豆精神恍惚，脚步摇摇晃晃，漫无目的地走向了教学楼后面的人工湖。

湖边杨柳低垂，风景优美，经常被校园情侣占据。晚自习结束的时候是深夜了，附近几乎没有什么人影。薛晓豆满脑子都是秦念晟微笑着看向其他女生的表情，心里一阵阵锥刺似的痛。

他真的一点儿都不喜欢我……薛晓豆的眼泪流了出来，跌跌撞撞地往湖边走，想让湿冷的夜风把自己的脑袋吹醒。

不料，她踩到一个圆滑的石头，一时没站稳，直接滑进了湖里。

"啊！"冰凉的湖水灌进喉咙，薛晓豆终于清醒过来，下意识地挣扎起来。但她不会游泳，胡乱扑腾了几下，身体离岸边越来越远。

“救命……咳咳！”薛晓豆断断续续地呼喊。

“晓豆！”

一个熟悉的声音传来，随即就是一阵落水声。不一会儿，薛晓豆感觉有个人出现在了身边，托起了自己的身体，带着自己往湖边游去。

薛晓豆本能地跟着那人游动，好不容易攀上了岸边的石头，身后传来一股大力，将她送上了岸。

“咳咳……”薛晓豆剧烈地咳嗽了几下，回头去看，只见浑身湿透的夏云梦泡在湖水里，正仰头看着自己。

两人彼此对视，眼里都充满了复杂的情绪。

“你没事吧？”终于，还是夏云梦先开了口。

薛晓豆怔怔的，过了好久才回过神来。不知想起了什么，她马上把手递给了水里的夏云梦，急忙说：“你快上来！”

夏云梦一呆，心里很快又被欣喜的情绪填满。她把手递给了薛晓豆，借助她的力量爬上了岸。

薛晓豆把她拉起来，有些着急地说：“这里的水很浅，我刚才只是突然被吓到了，一时手足无措，又不会真的淹死！你干吗下水救我？你不是会……”

说着，她的眼睛直往夏云梦腿上看去。

长长的裙子直到脚踝处，裸露的双脚还是光滑白皙的，并没有什么异样。

“没这么快……”夏云梦低头看了自己一眼，双脚不自在地动了动，然后她抬头看向薛晓豆，用试探性的语气问，“晓豆，你不生我气了？”

薛晓豆噘着嘴，表情十分不自然。过了好久，她终于开口：“你又没有错，我只是……”

失恋了自然会伤心，何况还是被喜欢的人这样无情地抛弃了。

夏云梦拉着她在一块干净的石头上坐下，诚恳地说："晓豆，我不知道为什么秦学长会喜欢上我，但我确实不喜欢他，所以我不会和他在一起。"

薛晓豆垂着头，双手捏着湿漉漉的衣角，用力地揪着，指骨发白。

在她眼里，秦念晟是多么好的一个人，外表出众、品学优良、家境优渥，就像是偶像剧里的男主角，薛晓豆看见他的第一眼就动心了。她把秦念晟当作宝，没想到对方只是为了报恩陪她玩了一段时间的情侣游戏，从来就没有真正喜欢过她。

在秦念晟眼里，她一定是个满脑子只有爱情的愚蠢女生吧？

他喜欢夏云梦，殊不知夏云梦根本不喜欢他。自己的宝，在别人眼里是根草，偏偏那根草还声势浩大地去追看不上自己的女生。

原来不只是薛晓豆一个人看不开，秦念晟和她一样傻。

薛晓豆叹了口气，正想说什么，突然她眼睛发直，用手指着夏云梦裸露的脚，轻呼："你的脚！"

月色下，一片片灰褐色的鳞片正以肉眼可见的速度覆盖住夏云梦的双脚。夏云梦浑身湿透地坐在石头上，长发披散下来，此情此景，她就像是一条被冲上岸的柔弱美人鱼。

听到薛晓豆的声音，夏云梦下意识地把脚缩了起来，拉下裙子将它盖住，有些不好意思地问薛晓豆："你有没有被吓到？"

薛晓豆的目光离不开她的脚，她轻轻地摇了摇头。突然，她又像发现了什么惊奇的事情似的，指着湖里说："有鱼过来了！"

夏云梦顺着她的手指看过去，只见人工湖里的鱼全部游过来了，它们一条又一条在湖水里扑腾，像是想跟她亲近，忍不住要跳上岸来。

夏云梦随手一扬，游鱼又像烟花似的全部散开，还有几条跃出了水面，在

空中划过几道弧线，再次入水。

薛晓豆看呆了，眼里是满满的震惊，她完全明白了，为什么那个时候的夏云梦会那么害怕。

如果被人看到刚才那个场面，一定会发生难以想象的事情吧？薛晓豆突然意识到夏云梦无时无刻都处在无形的危险之中，忙说："我们快回去吧！"

"嗯。"夏云梦站了起来。

"你能穿鞋吗？"薛晓豆问。

"能。"

夏云梦迈了一大步，找到情急之中脱下的鞋子，正要把长满鱼鳞的脚塞进去，附近的草丛突然传来一阵响动，接着便响起了慌张的呼喊。

夏云梦和薛晓豆同时回头，只见一个身穿白衬衣的男生从一棵粗大的柳树后面站了出来，眼里充满了恐惧。

他眼睛一眨不眨地盯着夏云梦裸露的双脚，然后又惊恐地看了一眼女生的脸，表情像是吓得不轻，竟然什么话都不敢说，掉头就往回跑。

"等一下！"夏云梦喊了一声，那人非但没有停下，反而跑得更快了。

"是他……"薛晓豆心里惴惴不安，立即扭头去看夏云梦，"怎么办？"

夏云梦眉头紧锁，那颗属于鲛人的心脏拼命跳动起来。她本能地感觉到了危险，这让她浑身都紧绷起来。

万万没想到，秦念晟竟然会跟踪她来到这里！

正思索着对策，薛晓豆突然抓住了她的手，夏云梦转过头，只见对方用一种无比坚定的眼神看着自己。

薛晓豆紧紧地抓着她的手，慢慢地说："我会保护你的。"

夏云梦心里一暖，轻轻地点了点头。

6.

第二天清晨，薛晓豆去找了秦念晟，却被告知对方请了病假，昨天晚上就回家了。薛晓豆把这事跟夏云梦说了，两人都有些不安。

如果秦念晟真的被吓出病来了，那该怎么办？除此之外，还有一件更为严重的事，像一颗悬在夏云梦头顶的定时炸弹，指不定什么时候就会爆炸，把她炸得粉身碎骨。

秦念晟会不会把夏云梦的秘密宣扬出去？没有人知道。

薛晓豆是和秦念晟关系最亲密的人，按理来说，她最了解这个人的为人。平心而论，在薛晓豆的眼里，秦念晟是一个非常优秀而且善良的人，如果是一般人的秘密，他绝对不会主动说出去害人，但是，夏云梦的身份实在太过离奇，就连薛晓豆都觉得难以理解，更何况是秦念晟？

薛晓豆有些气馁，非常愧疚地对夏云梦说："是我害了你。"

夏云梦拍了拍她的肩膀，安慰说："秦念晟不一定会对我怎么样，你别太担心了。你能接受我的存在，说不定别人也可以。"

"嗯，只能先这样想了。"薛晓豆一脸烦躁地说，"等他回来，我会再去找他，好好地跟他说一说。"

夏云梦点了点头。

秦念晟好几天没在学校露面，以防万一，薛晓豆帮夏云梦请了几天假，还在校外的旅馆里租了个房间。

夏云梦在旅馆里躲了几天，这几天里，一直都是薛晓豆帮她带饭。二梨和思思还很好奇，这两个人前两天明明还在搞冷战，怎么一转眼又变得这么要好了？

这几天，夏云梦的生活一如既往的平静。她觉得这样躲着不是办法，等假期结束，就和往常一样回到学校去上课。

一整天都是风平浪静的，甚至没有人多看她一样。夏云梦渐渐放下心来，收拾好书本离开了学校。

不料，她一走出学校大门就觉得不太对劲，背后好像突然多了一双眼睛。夏云梦猛地回头，只见路上行人神色匆忙，并没有什么异常。她环顾了一下四周，校外的热闹小巷一切如旧。

"被人跟踪了？"这个念头浮现在夏云梦的脑海里，顿时让她心里一紧。她相信自己的直觉，这种被人盯上的异样感觉不会是没来由的心理作用。

夏云梦转过身，装作什么都没有发现似的继续往前走，却多了个心眼。果然，当她经过一个僻静的拐角处时，那种被人盯着的感觉又出现了。

夏云梦加快脚步，头也不回地进了一条小巷，随手拉开一扇木门，闪身进去。

这扇木门的背后是一个家庭式旅馆，专门租给学生，空间狭小而且有点儿脏乱。夏云梦躲在木门后深深地吸了几口气。两秒钟后，门外传来了一阵凌乱的脚步声。

见那些人远去，夏云梦从木门背后走出来，拔腿就往学校跑去。她一路跑回了女生宿舍，正好遇见刚从食堂打饭回来的薛晓豆。

薛晓豆正在给夏云梦准备晚饭，见她突然从外面跑进来，当场吓了一跳。

"你怎么这个时候回来了？"薛晓豆胆战心惊地问。

"小梦，你回来啦！"上铺的二梨跟她挥了挥手。

"你的病怎么样了？"思思一边敷面膜，一边问。

夏云梦敷衍了两句，一把拉过薛晓豆，低声说："有人跟踪我，我怀疑他

们是秦家的人。"

薛晓豆忙用手捂住了自己的嘴巴，急切地问："你有没有怎么样？"

夏云梦摇了摇头，眼神变得幽深起来。

"知道我身体秘密的人，除了你，只有秦念晟。今天跟踪我的人有好几个，我怀疑他们是来抓我的。"夏云梦眉头紧蹙，问，"你之前说过，秦念晟家族背景很硬，对不对？"

"秦家是做医药生意的，跟各行各业都打过交道。"薛晓豆说，"在我们这一带，他们家算是比较有势力的家族。"

说刚说完，薛晓豆突然气愤起来，说："秦念晟……他想对你不利！不行！我一定要阻止他！"

"等等！"夏云梦急忙拉住她，问，"你想怎么做？"

"我去找他谈一谈，看他到底想干什么。"薛晓豆说，"你放心，我只是个普通人，他不会对我怎么样的。"

说完，她掰开夏云梦的手，推开宿舍门出去了。

夏云梦看着薛晓豆走远，心里有一种说不出来的感觉。她知道秦念晟不会对一个平凡的人类怎么样，但还是免不了替薛晓豆担心。

不知道秦念晟会做到哪一步……

薛晓豆一去就是好几个小时，手机也打不通。夏云梦着急，拿出手机查了一下，发现秦家老宅在城郊，和学校刚好在城市的一南一北。她想出去找人，手机突然响了，上面的名字显示是薛晓豆。

"晓豆！"夏云梦欣喜地接起了电话，"你在哪里？"

那边传来一阵急促的呼吸声，过了一会儿，一个略微艰涩的声音透过手机传了出来。

"夏云梦？"

这个声音……是秦念晟！

"是你？"夏云梦立即问，"晓豆在哪里？"

"她在我家做客，你要不要也过来一起玩？"秦念晟似乎笑了一下，声音很紧张却又充满了某种愉悦的感觉，"小梦，我很想跟你谈一谈。"

"我马上过来。"夏云梦说，"你最好不要碰她一根头发，否则我跟你不客气！"

"好。"秦念晟的声音温柔起来，"再怎么说，她都是我的前女友，我怎么会伤害她呢？你快来，我等不及要见你了。"

他报出了一个地址，听上去像是某个工厂的厂址。夏云梦来不及思考对策，匆匆记下了这个地址，抓起外套就跑出了门。

她一溜烟跑出了学校，拦了辆的士，往秦念晟说的那个地方赶去。

秦念晟在一个他们家买下来的场地，那里还没有投入使用，整个工厂内空无一人，晚上走在里面颇有些心惊胆战的感觉。

夏云梦推开铁门走了进去，突然，工厂四处都亮起了灯。她能感觉到有不少人潜藏在暗处，一双双贪婪的眼睛正紧紧地盯着自己。

夏云梦裹紧了身上的外套，大步走向了唯一没有亮灯的厂房。

"晓豆！"夏云梦大喊。她环顾了一下四周，目光立刻被半空中的一个身影锁住了！

秦念晟这个禽兽，竟然把薛晓豆吊在了半空中！

借着从玻璃天窗漏进来的月光，夏云梦看见薛晓豆的四肢都被粗大的麻绳绑住了，嘴巴贴上了胶布，双眼通红，像是哭过了，又像是身体太难受的生理

反应。

她被一根绳子吊在半空中，低头看见夏云梦，突然挣扎起来，并冲着夏云梦拼命摇头，示意她不要过去。

夏云梦来不及细想，看见角落里有一架简陋的木梯，立刻爬了上去。这个厂房只有一层，但修了三角顶，多了一层类似阁楼的设计，可以用来堆放货物。

那架木梯就靠在通往第二层阁楼的口子上，秦念晟也是利用它才把薛晓豆吊起来的。夏云梦手脚并用爬了上去。第二层很矮，夏云梦不得不弯着腰前行，突然，她的脚不知踩到了什么东西，那东西竟然"啪"的一下踩断了。夏云梦身体重心前倾，来不及调整就掉了下去。

"扑通"一声巨响，夏云梦掉进了一个装满水的巨大塑料桶里。

"秦念晟！"夏云梦愤怒地拍打着桶壁。

这个塑料桶高达三米，水深一米五，触手可及都是滑溜溜的桶壁，她根本出不去。

薛晓豆被吊在塑料桶的前方，她早就知道这里有一个陷阱，却无法告诉夏云梦，现在看见夏云梦掉进水里，她更加着急地挣扎起来。

与此同时，厂房的灯亮了起来，一个人走了进来，沿着夏云梦刚才爬过的梯子上了阁楼，一直来到那个破烂的口子前蹲了下来。

惨白的灯光里，秦念晟英俊的脸从口子里露了出来。他居高临下，面无表情，两眼紧紧盯着在水里挣扎的夏云梦，活像一只鬼。

夏云梦仰起头看他，眼睛充满了愤怒。

过了一会儿，秦念晟的表情慢慢变了。从这个角度，他可以清清楚楚地看到夏云梦那双光洁的腿渐渐布满了鱼鳞，美丽可人的女生转眼间就变成了一半人身一半鱼尾的怪物。

"你……"秦念晟的脸色有些苍白，他盯着夏云梦的双腿不肯移开目光，慢慢地吐出一句话，"你是混血种！我知道，你是鲛人和人类的混血种！"

"你想做什么？有本事就冲我来！"夏云梦大声说，"不准伤害晓豆！"

"我当然是冲你来的。"秦念晟那张没有血色的脸带上了笑意，眼里更是充满了见到奇迹的惊喜和赞叹，"跟你相比，薛晓豆算什么？"

听到两人的对话，薛晓豆发出了一阵难受的呻吟，身体不断扭动，连带吊着她的绳子也晃荡起来。

夏云梦看了半空中的薛晓豆一眼，冲秦念晟说："你现在抓到我了，可以把晓豆放了吧？她是无辜的！"

秦念晟摇了摇头，说："留着她，你才不会反抗。"

"你！"

"我还是第一次见识到两个女孩居然会有这么深的友谊？呵，你们不是经常为了一个男人反目成仇、不顾一切吗？"秦念晟的语气充满了嘲讽。

"如果我们会因为你这种人反目成仇，那你也太小看女生了！"夏云梦冷笑，忽然猛地一拍水面，一股水柱冲天而起，冲向了阁楼上的秦念晟。

秦念晟吓了一跳，急忙后退，"扑通"一声摔倒在木板上。外面的人听见动静，陆续冲了进来，竟是三四个成年男人。

"少爷！"

这些人齐声喊。

"看住她！"秦念晟百忙之中不忘指挥，"那个女生对我们正在研究的新项目非常重要！"

那几个人一听，立刻把装满水的大桶围了起来。

夏云梦见状，知道今天的事无法善了，突然朝水里扎了个猛子，消失不见。

秦念晟从阁楼上看到她的动作，脸色微微一变，忙说："小心！她会妖术！"

话音刚落，水里突然冒出了一条硕大的鱼尾，鱼尾狠狠拍击水面，几道强烈的水流从桶里喷射出来，无一例外全部浇在了那些男人的头上。

趁那些人忙着擦眼睛，夏云梦又拍了几下水面，水柱不断冲上空中，竟然把二楼的木板击穿了。

藏在二楼的秦念晟惊慌失措，急忙逃跑，却被水柱击中摔了下来。

"少爷！"有人看到秦念晟从楼上摔了下来，想去帮忙，却听"啪"的一声，那个巨大的塑料桶竟然裂开了。

近乎半桶水就这样流了出来，水流的力量之大，仿佛海里的一股巨浪，硬生生把几个成年男人冲垮在地。

夏云梦随着破裂的木桶一起倒在地上，硕大的鱼尾紧贴着地面，让吊在空中的薛晓豆目瞪口呆。

她只见过夏云梦双脚布满鱼鳞的样子，却从没见过真正的人身鱼尾！

夏云梦抓起地上的一块碎木板，鱼尾一甩，整个人突然从地上弹了起来，直扑向薛晓豆。她紧紧抱住薛晓豆，用尖利的木板割断绳子，两人重重地摔在了地上。

"抓住她们……"秦念晟微弱的声音传来。

几个男人从地上爬了起来，看到夏云梦的样子，他们的眼神都有些惧怕，但还是朝两个女生逼近了。

夏云梦用最快的速度解开了薛晓豆身上的绳子，撕掉她嘴上的胶布，拉着

她站了起来。

"走！"夏云梦大声说，说完用力一蹦，带着薛晓豆从厂房里跳了出去。落地前的一刹那，夏云梦回头，张开嘴对着里面的人猛吹了一口气。

一股夹杂着海啸之音的飓风席卷了整个厂房，只听里面噼里啪啦，整个破烂不堪的二楼似乎都塌了。

终于没有人追出来。

夏云梦拉着薛晓豆倒在地上，两人浑身是伤，意识都有些模糊。

薛晓豆被吊了许久，又重重地摔到了地上，出现了轻微的脑震荡。听到厂房里面传来的巨响，她勉强睁开眼睛，去看身边的夏云梦。

夏云梦依然是人身鱼尾的样子，这个形态根本不适合在陆地上行走，她却强行使用能力，现在全身气血翻涌，几乎要晕死过去。

不过，她努力保持神志，和薛晓豆的目光一对上，立即反应过来，一边喘气一边说："快走……"

薛晓豆还没从刚才的事件中回过神来，眼神有点儿木木的，夏云梦一开口，她猛然意识到了事情的严重性，立刻拖着夏云梦站了起来。

必须赶紧离开这里！秦家的人很快就会到来！

（三）苦衷

7.

这个夜晚是如此惊心动魄。

薛晓豆扶着受伤的夏云梦四处躲藏，一直到她恢复人类的样子。秦家的人在凌晨时分来到了厂房，一起来的还有很多警察，他们几乎把那个地方包围了起来。

薛晓豆照顾了夏云梦半夜，最后因体力不支晕了过去。夏云梦的鱼尾消失后，第一时间把她送到了医院，自己却悄悄离开了。

她已经没办法在这里待下去了。

回到校外的旅馆，夏云梦简单收拾了一下东西，去学校提交了退学申请。想了很久，她最后还是没有跟二梨和思思道别。

由于秦家在本地的巨大影响力，事情在第二天就上了新闻。不久就有消息传来，秦念晟被一根房梁砸成重伤，可能永远都没办法醒来。

秦家的手下见到了夏云梦的真实样子，但那短短几秒留下的记忆非常不可靠，四个人有四种说法，但统一的观点都是看到了妖怪。

在警察的一再盘问下，他们说出了薛晓豆的名字。

秦家的父母下午就到了学校，在女生宿舍大闹了一场，把二梨和思思吓了个半死。他们没找到薛晓豆，又闹到了校长室，要学校严查处理。

薛晓豆在医院处理了伤口，一直到下午才醒来，马上就赶回了学校，但事情已经发展得不可收拾了。

她好不容易联系上了二梨和思思，却打听到了夏云梦退学的消息，顿时就呆住了。

薛晓豆混在人群里，直到秦家的车队离开，见他们没抓到夏云梦，这才放下心来。她去了学校外面的旅馆，找到前几天帮夏云梦租的房间，敲了敲门。

夏云梦果然待在这里。她正在收拾东西，一副打算离开的样子。

"为什么？"薛晓豆呆呆地看着她，"你打算就这样离开吗？"

"晓豆，你也看到了。"夏云梦耸了耸肩，"我已经没办法再待下去了。"

"可是……"薛晓豆说，"他们不知道你的存在，秦家的人以为是我害了他们的儿子，你不会有危险的！"

夏云梦看着她，突然叹了口气，低下了头，说："就是因为这样，我更应该离开这里。"

"为什么？"

"我害了你。"夏云梦压低了声音，"秦念晟的伤是我造成的，他们根本不应该怪罪到你身上，但是……"

"你别这样想！"薛晓豆激动地说，"是秦念晟绑架我在先！警察一定会查出来的，我们用不着怕他们！"

"晓豆！"夏云梦看着她说，"晓豆，对不起！"

"你还是要走吗？"薛晓豆感到很失望，眼神有些悲哀，再一次问，"就算他们没查到你身上，你也要走吗？"

夏云梦点了点头。

"那……你打算去哪里？"薛晓豆问。

夏云梦摇了摇头，说："我想找一个适合我待的地方。秦念晟说得对，我是鲛人和人类的孩子，根本不应该在有太多人类的环境里生活。"

"你明明……"薛晓豆咬紧嘴唇，慢慢地说，"和我们在一起的时候，是很开心的……"

"对，我很开心，可是我发现我错了。"夏云梦说，"我本就不是人类中的一员，不该和你们太过接近。这次的事给了我一个教训，我以后不会再自以为是地混在你们之中了。"

"可是……"薛晓豆张了张口，却又不知道说什么。过了一会儿，不知想到了什么，她眼圈一红，眼泪慢慢地流了下来。

一开始，她以为自己找到了命中注定的王子，结果却因为这个王子失去了一段友谊。当她和好朋友好不容易解开了心结，王子却变成了恶龙。

她失去了爱情，本以为能收获一段友情，夏云梦却说自己的选择错了。

既然夏云梦觉得和人类在一起是错的，那么，和薛晓豆的友谊，同样也是错的。

薛晓豆又一次失去了她的友情。

短短半年时间，她从对未来充满美好憧憬的天真女孩变成了一无所有的可怜虫。

秦念晟不喜欢她，就连夏云梦也打算放弃她。

多么失败的一个人啊！

透过模糊的泪眼，薛晓豆看着表情决绝的夏云梦，感觉心脏处传来了清晰的痛感。

她没有理由留下夏云梦，和对方的生命安全相比，她这点儿可怜的感情算什么？

就像秦念晟说的，和珍稀的混血种夏云梦相比，薛晓豆算什么东西？

想到这里，薛晓豆擦了擦眼泪，深吸一口气，说："那我不留你了，再见。"说完，她再也不看夏云梦一眼，打开门走了出去。

她的尾音有些颤抖，像是难过到了一定程度。夏云梦望着她离开的背影，嘴唇动了动，本想叫住她，但最终还是没有开口。

为了薛晓豆的安全，她不该任性地留在这里。离开，是作为混血种的她唯一的选择。

办理退学手续的时间里，夏云梦一直观察着事态的发展。

秦家的人来闹了几次，薛晓豆也硬气起来，找了家里的关系，事情陷入了僵局。

虽然秦家信誓旦旦地说是薛晓豆害得秦念晟变成了植物人，但无凭无据，空有一番说辞，还是很难让人信服。薛晓豆反咬秦念晟绑架了自己，昔日的恋人变成了一言不合就动手的仇人，舆论被引向了难以想象的热度。

不过，薛晓豆到底还是低估了秦家人的手段。

事情发生一个星期以后，警察的调查迟迟没有进展，作为秦家事业唯一继承人的秦念晟又躺在重症病房，秦家父母被薛晓豆的不配合逼疯了。

剧变就在这个时候发生了。

那天下午，薛晓豆送父母去机场，在返回学校的途中，一辆失控的卡车朝她乘坐的出租车冲了过来。

两辆车同时撞上了栏杆，出租车司机当场死亡，薛晓豆浑身是血，被过路人送进了医院。

肇事车辆逃逸了。

听到这个消息的时候，原本打算离开这个城市的夏云梦跌坐在了地上。她疯了一样地跑到了医院，看着手术室的灯，浑身冰凉。

躺在里面的人，是薛晓豆。

夏云梦沿着墙壁缓缓地坐了下来，脑子空空的，身体无比僵硬，四肢却在发抖。她想起了第一次见到薛晓豆的情景，那个女孩对她说，想把最喜欢的红皮鞋给她穿。

在大学里和薛晓豆重逢，以为遇见了爱情的薛晓豆倒在她怀里，满脸羞涩。

和男朋友分手的薛晓豆会把自己蒙在被子里，难过又隐忍地哭泣。

想要保护朋友的薛晓豆会在关键时刻挺身而出，固执地践行自己的诺言。

无数个薛晓豆，是夏云梦在这个人世最温暖的回忆。

那是一条鲜活的生命，现在却奄奄一息地躺在了手术室里。

夏云梦把头埋进了臂弯里，无声地哭了起来。

在童话里，美人鱼历经千辛万苦，最后成全了王子的幸福。而在夏云梦的故事里，她给本该幸福的王子和公主带来了残酷的命运。

是她，一切都是因为她。

闻讯赶来的薛家父母围住了手术室，他们刚下飞机，连机场大门都没出就买票飞了回来。两人在手术室外抱头痛哭，夏云梦几乎没脸见他们。

不知过了多久，手术室的门终于开了。薛晓豆的父母和夏云梦一起围了上去，用近乎乞求的目光看着医生，希望能听到一丝好消息。

"暂时脱离了生命危险，但病人脑部受损严重，可能会造成语言和认知障碍……"

夏云梦的心彻底凉了。

她无法想象那样一个漂亮开朗的女孩子变成眼神呆滞的痴傻模样，如果真的变成那个样子，和死了有什么区别？

薛晓豆的父母差点儿在手术室外晕过去，夏云梦恍恍惚惚地往医院外走去，无意间撞到了几个警察。

"薛晓豆的家属吗？"警察问，"有个情况想跟你们了解一下。"

"是姓秦的！姓秦的！"薛晓豆的妈妈几乎是撕心裂肺般吼出了这句话，余音在冰凉的走廊里不断回响。

夏云梦回头，只见薛晓豆的爸爸抱住了妻子，一边安抚，一边流泪。

秦念晟和薛晓豆本该是一对令人欣羡的情侣，却因为种种缘故走到了今天这一步。两人住进了同一家医院，各自和死神苦苦抗争，争取一丝生存的希望。

夏云梦觉得自己真是罪大恶极。如果不是她贪恋人群的温暖，如果不是她刻意去接近薛晓豆，这一切都不会发生。秦念晟会一直是那个光彩照人的秦学长，薛晓豆仰望着他、暗恋着他，他们或许会在一起，或许不会，但无论如何，都不会是现在这个结局。

如果有重来的机会，夏云梦绝对不会再这样做了。她会找一个偏僻的没有多少人的地方居住，或者干脆回到故乡，孤独地过完这一生。

外面的天色黑了，周遭一片暗淡，犹如她此刻的心情。夏云梦垂着头，漫无目的地走出了医院，后知后觉地发现自己来到了一个陌生的地方。

不知道是什么时间了，周围变得非常安静，路上看不见一个行人。街道两边的商店都关门了，空旷的路中心冷冷清清的，整个城市仿佛都进入了睡眠。

远处有一点橘黄色的亮光，像一颗星星，又像一团发光的毛球，光源非常

柔和，既不炽热，也不冷淡。在周围完全漆黑的环境里，那束灯光犹如一座灯塔，悄悄地映射进了夏云梦的心里。

夏云梦远远地望着那点灯光，费了很大劲终于看清，原来那是街角唯一亮着灯的店。

整条街都打烊了，只有那家店还营业，门口的灯是暖洋洋的橘黄色，很容易让人停下脚步，走进去看一看。

夏云梦在原地站了一会儿，终于抬起了脚步，朝那处灯光走去。

待走近了些，她发现原来发光的不只是店门口悬挂的风灯，而是整个店门都在发光。

小小的店门独孤地伫立在凄冷的街道上，古朴的木雕门宛如一幅浮世绘风格的图画，上面用繁复而优美的笔法写了几个字：迷迭香记忆馆。

木雕门背后散发出淡淡的橘色光芒，给整个小店增添了一分梦幻的感觉。这扇门仿佛是从遥远的时空河流来到了这里，里面隐约传出了优雅的旋律和淡淡的迷迭花香，像是正在等待一位有缘人将它推开。

夏云梦站在木雕门的面前，犹豫了一会儿，缓缓地将手伸了出去。

8.

夏云梦在想，她当初到底为什么会对人类产生兴趣呢？身为一个鲛人的后代，她不但想留在人群聚集的大城市里，甚至想融入他们，一辈子过人类的生活。

她回忆着过去的事，然后想到了身体第一次出现鱼鳞的那一天。

"妈妈！我的脚为什么会变成这样？"小小的夏云梦大哭起来，看着自己滑溜溜的下半身手足无措。

妈妈把她关在房间里，断断续续地告诉她，她是一个鲛人和人类的混血种。

夏云梦透过窗户看着外面戏耍玩闹的小孩，眼泪一滴一滴地落下。妈妈是鲛人，爸爸是人类，唯独她，无论在哪一边都找不到归属感。

妈妈是一个很美丽的鲛人，却被一个男人无情地抛弃了。她只要一看到夏云梦，就会想到这是自己亲手种下的恶果。后来，妈妈去找那个消失无踪的男人了，夏云梦想去找自己的亲人，无奈力量太过弱小，被海水冲了回来。

由于在海水里泡得太久，她的双脚已经彻底化为了鱼尾。

在那个孤独又绝望的月夜，薛晓豆出现在了夏云梦的生命里。她一点儿都不害怕夏云梦身上的尾巴，甚至还想去摸一摸。

夏云梦呆呆地望着她，一瞬间忘记了自己是个非人非鱼的怪物。

原来，有人愿意接纳自己，是一件很幸福的事。

就在那一夜，夏云梦发现，不是所有人类都会害怕和厌恶那些未知的事物，她可以在这里找到自己想要的生活。

从那之后，她努力地伪装自己，融入了人群，渐渐熟悉了人类的生活习惯，脸上露出了由衷的笑容。

她曾一度把这里当成自己的家。

直到遇见秦念晟。

一个前一秒还怀抱鲜花对自己说着喜欢的人，在看到她双脚的一刹那，惊恐地逃跑了。

鲛人长生，在种种传说里，鲛人的血肉可以使人延年益寿甚至长生不老。秦家正在研制一种驻颜美容的新药，发现夏云梦有鲛人血统之后，秦念晟萌生了一个念头。

当利益足够大，瞬间就可以冲垮一切法律和道德约束。所谓的爱情，在利益面前就像是一个碎裂的瓷娃娃，赤裸裸地露出了丑陋的泥胚。

对于这件事，夏云梦是很难理解的。虽然她知道会有人对自己的身体心怀歹意，妈妈也明确教导过要远离人类，不要暴露自己的秘密，但是……

薛晓豆同样知道了她的秘密，那个女孩甚至不惜为了救她而受伤，秦念晟说过喜欢她，却在短短几天内从一个爱慕者变成行凶的恶人。

他们都是人，面对同一块可口的蛋糕，却做出了完全不同的选择。

为什么会这样？

夏云梦想了很久，还是弄不明白，为什么人心这样复杂。这个问题对于一只妖来说，还是太难了。

她想起秦家的人看到她尾巴的那一瞬间露出的表情，惊恐又贪婪，她知道是自己弄错了。

不是所有人都能接纳和自己不一样的存在，对于未知的事物，人们往往是害怕多过于宽容的。

这也解释了为什么世上有这么多混居在人群中的妖，他们的力量并不弱，却从来不敢公开自己的身份。

对于这些物种的存在，人类还没有准备好坦然接受。

夏云梦终于想通了，并深深地明白，离开人类是她唯一的选择。

夏云梦在记忆馆见到了一个身形高挑的男人，对方长了一双惹眼的桃花眼，但表情有些冷漠。他穿着一件黑色对襟长袖上衣，袖口有暗纹，依稀是龙的图样。不知为何，那条龙似乎只有四爪，悄悄地蛰伏在袖口，仿佛随时都能腾空而起。

夏云梦走进记忆馆的时候，男人正坐在沙发上品茶。她本能地察觉到这个人非同寻常，甚至嗅到了一丝危险的气息。

这个男人很强。

夏云梦定了定神，问："你是谁？"

男人看她一眼，姿势四平八稳，懒懒地答："这个问题应该由我来问你，因为我是听从你内心的召唤来到这里的。"

"什么……"夏云梦有点儿茫然，根本无法理解男人话里的意思。

"迷迭香记忆馆，做的自然是和记忆有关的生意。"男人说，"凡是踏进馆中的人，都能从这里买到想要的任何记忆，也能剥离任何不想要的记忆。这位小姐，请问你想要哪一种服务呢？"

夏云梦张大了嘴。

她明白了，刚才她一直在回忆过去，潜意识里发出了某种强烈的信号，这才把这个男人和这家神秘的店召唤过来了。

夏云梦在沙发上坐了下来，双手交握在一起。

"我……我可以把我的全部记忆给你，但你能帮我什么？"

男人眼尾上挑，眉宇间多了一分风流之意。

"你想要什么？"

"我有一个朋友，她……"夏云梦握紧了拳头，低声说，"她因为车祸受了很严重的伤，医生说她可能会有认知障碍，你能帮我治好她吗？"

"人类？"男人眯着眼睛打量她，似乎在思考什么。

夏云梦点了点头，说："如果你能帮我治好她，我愿意把全部的记忆给你。"

迷迭香记忆馆的主人——周稷稍稍思索了一下，他在三界收集了一堆奇珍

异宝，救人的办法自然是有的。

"我可以帮你治好她，不过，我想问问……"周稷的目光落在了夏云梦身上，"身为一个混血种，你想好以后要去哪儿了吗？"

夏云梦用指甲轻轻刮着手指的皮肉，低声说："我不知道。"

"如果你把全部的记忆给了我，出了这扇门，你就会变成一个呆呆傻傻的人。"周稷说，"你会变得连字都不认得，也无法和别人交谈，这样你也不怕吗？"

夏云梦摇了摇头，说："只要你能帮我治好她，我什么都愿意做。"

"成交。"周稷说，"不过我不需要你的记忆，我想让你帮我做一件事。"

夏云梦有些惊讶，忙问："什么事？"

"你也看见了，我的店里只有我一个人，而世上的伤心人太多，我有时候会忙不过来。既然你无处可去，不如来我这里帮我打理生意，怎么样？"

夏云梦和周稷对视，心跳突然加快了。她有些迟疑地问："你是让我留下来……在你的店里当店员？"

"嗯。"周稷点头，"我是生意人，不会白白帮你的忙。你留在这里打工，就当是偿还我的恩情。"

夏云梦稍微思考了一下，她确实无处可去，留在这里帮这个神秘的男人做事也是一种选择。这个地方不存在于真实的人世，又和人世间有着千丝万缕的联系。对于她来说，是一个很不错的容身之地。不管是人还是鲛人，只要待在这里，没有人会再用异样的眼光看她。她甚至可以每天穿裙子，反正这个一眼就能看穿她身份的男人根本不会在乎。

这基本上是个不需要深入思考的问题。

夏云梦立即点头："好！"

看到她的反应，周稷难得地笑了一下。这个笑容极轻极淡，像一阵袅袅升腾的山岚青烟，转瞬即逝，却又让人刻骨铭心。

"我的东西价钱不低，你可能一辈子都还不清。"

"没关系。"夏云梦说，"如果我这辈子做牛做马不够还你的情，那我再抵押五百年寿命给你。"

"啧啧。"周稷伸出一根手指在她面前晃了晃，轻声说，"没让你做牛做马，你只要帮我买下客人的记忆就好。"

说完，他起身走进了一扇古朴的雕花铜门，不一会儿就捧了个锦盒出来。

"你的朋友醒来之后，你今后的时间就是我的了。"

夏云梦深吸一口气，双手颤抖地接过了锦盒。

这里面的东西，能救回薛晓豆。

夏云梦深深地看了周稷——将来的老板一眼，扭头跑了出去。

9.

三个月后，薛晓豆出院了。

伤筋动骨一百天，经历一场重大车祸的她，在医院里足足躺了三个月。

秦家买凶杀人证据确凿，秦念晟的父母被带走调查，很快就会提起公诉。关于秦念晟的意外，薛晓豆已经想不起来了。她依稀记得自己曾经深深地喜欢过那个男生，但死里逃生的她已经把这段感情看淡了。

薛晓豆休学了一段时间，新学期开学时，还是搬回了609宿舍。很奇怪，她们宿舍只有三个人，宿舍管理部也没有再安排新人进来。

回学校那天，二梨和思思大老远跑去车站接她。三个人拖着沉重的行李

箱，一路嘻嘻哈哈地聊着天。

"夏云梦是不是真的离开了这个城市啊？晓豆出院她没来，现在也没来看看，真是太无情了。"

"谁？"薛晓豆敏锐地问。

"夏云梦啊，就是原来住我们宿舍的那个女生，她上学期退学了。"思思说。

"我没有什么印象了。"薛晓豆微微蹙眉，说，"医生说我的脑子受到了损伤，可能会失去一部分记忆，大概那个夏云梦就在我失去的这部分记忆里吧……"

"原来是这样啊！"二梨唏嘘了一会儿，很快又安慰她，"没关系啦！你们俩也不是什么特别要好的朋友，之前她还和你闹过矛盾呢！再说了，一个在你住院治疗期间退学的人，也算不上什么好朋友，忘了就忘了吧！"

"嗯！这次车祸改变了我的很多想法，我现在一点儿都不介意这些小事了！"薛晓豆笑了起来，"你们看，我受了那么重的伤还能恢复得这么好，就连医生都说我是被上天眷顾的幸运儿，以后一定会有很多好事发生！"

"比如说？"思思凑了过来。

"比如说……"薛晓豆停下脚步，脸上浮现出一丝羞涩的红晕。

明媚的阳光下，活力满满的少女双手交握在一起，做出一个祈祷的姿势，真诚地许了一个愿望："希望我的桃花运能快点儿来……"

"啧啧！"二梨露出极其夸张的表情，"晓豆，你果然是一个需要爱情才能活下去的女人！"

"对呀对呀！她就是喜欢帅哥！"

"才不是呢！"薛晓豆更害羞了，但脸上笑容不减，不甘示弱地说，"我只是想遇见一个真心喜欢我的人！"

"不对，你就是喜欢帅哥！"二梨说完，拖着箱子哗啦啦跑远了。

薛晓豆一跺脚，愤愤地说："二梨你讨厌！给我站住！"

三个女生一边笑一边闹地跑远了，谁也没有注意到，有一个戴着帽子的女生和她们擦肩而过。

听着薛晓豆和另外两个女生的欢声笑语，女生压低了帽檐，从她们身边匆匆走过，独自一人走向了远方。

夏云梦推开记忆馆的门，抱着一束鲜花走了进来。她一抬头就看见了坐在会客沙发上的周稷，他像个没落贵族似的，坐姿非常优雅，慢悠悠地喝着茶。

自从夏云梦来了之后，周稷就越来越轻松了。

夏云梦把还带着露水的鲜花插在新添的柜台上，又给自己搬了一张凳子，坐在了柜台后面，像模像样地上起班来。

她拿出在甜品店买的小蛋糕，摆在桌上自顾自地吃了起来。她用塑料叉子在奶油上戳啊戳的，一手撑着下巴，望着在一旁安静品茶的男人，忍不住问："老板，你为什么要收集别人的记忆呢？"

世间交易千千万万，为什么周稷会选择做记忆的生意呢？

周稷没有直接回答，而是问："你今天去看你的朋友了？"

夏云梦的动作顿了一下，然后若无其事地点头："嗯。"

"她好了吗？"

"身体恢复得差不多了，今天开学，她已经回去上课了。"

"她是你在这个人世的牵挂，也是你人生的遗憾。我不是神，当然也有我的牵挂和遗憾。时光之镜'溯流'能穿越时间，我收集记忆，是为了回到过去

见一个人，挽回我曾经做过的错事。"周稷说到这儿，刚好喝完了最后一口茶，他从沙发上站了起来，迈开长腿走向了雕花铜门。

"你的遗憾已经修补了，我却不知要等到什么时候。"

伴随着最后一个尾音落下，周稷的身影消失在了铜门背后。

他总是这样，没事的时候，就喜欢一个人在溯流镜前待着，好像那面镜子上能开出花来。

听了他的话，夏云梦轻轻地把头转向了店门，似乎想从外面看到什么东西。

迷迭香记忆馆不在任何一条时间线上，却又无处不在，也许她最在乎的那个人就站在门外。

夏云梦双手托腮，思绪飞回了许多年前的那个月夜。那时的她，那时的薛晓豆，两颗纯真的心互相碰撞，在彼此的生命里留下最初的悸动。

然而，就像海的女儿最后化了泡沫，为了不伤害自己在乎的人，夏云梦也只能选择离开。

心里下过一场大雨，却未留下痕迹。

门外的那个世界，她去过，她爱过，她努力过。

最后，再也不见。

肆

梦中的迷迭香

Rosemary Memory Pavilion

（一）往事

1.

"馆主，您到底活了多少年？"

夏云梦对这个问题一直很好奇。鲛人算长寿的种族了，即便是血统不纯的夏云梦，这一辈子也有数百年时间。按种族分，周稷只是一个平凡的人类，但无论从迷迭香记忆馆存在的时间还是周稷的阅历和见识来看，他活在世上的时间绝对比夏云梦一辈子还长。

这是一个清闲的日子，馆主大人难得地从那扇铜门里出来了，纡尊降贵地坐在会客沙发上，很给面子地陪打工妹夏云梦一起喝下午茶。

听到夏云梦的问题，周稷挑眉："如果我说，我和你先祖的先祖同辈，你相信吗？"

"人类能活那么久吗？"夏云梦反问，"我在您身上完全看不出年龄的痕迹，一般来说，像您这样长生不老的是妖怪吧？"

周稷放下茶杯，叹了口气："所以说，你还是太年轻了。"

夏云梦不悦："有本事就把您的秘密说出来啊！"

周稷露出一个极淡的微笑，十分敷衍地回应了夏云梦的激将法。这个笑容转瞬即逝，他随即便收敛了神色，望着窗外陷入了沉思。

迷迭香记忆馆见证了千千万万人的回忆，而周稷却从来没有谈起过自己的过去。

　　这个话题对于他来说像是一个禁忌，夏云梦和他相处了这么久，从来没见过他跨越这道界限。

　　如果周稷真的拥有无穷无尽的寿命，而他在世上又没有亲人和爱人，这样活着一定很孤独吧？

　　每天，他都会花大量的时间跟溯流镜待在一起，似乎只有这样，他才能获得内心的充实。

　　夏云梦见他又露出了那种心不在焉的表情，以为他不会再继续这个话题了，顿时感觉无趣，擦了擦沾了奶油的手掌，准备站起来。

　　就在这时，周稷突然开口了。

　　"我是来自上古时代的人，那个时代和现在完全不一样。"

　　夏云梦立即竖起了耳朵，摆出一副认真听讲的样子。

　　"那时候，人和妖是住在一起的。人们完全靠一双手生活，每天都要面对无数凶猛的野兽和妖怪侵扰。人类天生处于弱势地位，为了争夺世界的统治权，我们想出了一个办法，那就是修炼。"

　　"就像现在的人学功夫那样？"夏云梦问。

　　"对。"周稷点了点头，说，"不同的是，那时候的人们模仿修炼的对象是妖。我们学习妖族的知识，模仿它们修炼法术，再把它们消灭掉。"

　　"啊……我知道有句话，'师夷长技以制夷'。"夏云梦想起了曾经在课本上学到的知识。

　　"差不多吧。"周稷说，"但妖族和兽族实在太过强大，为了战胜它们，修炼法术的人类聚集到了一起，形成了宗派。那时候的我，就在一个远近闻名的宗派里修炼。"

周稷讲的故事完全激起了夏云梦的兴趣，她忙问："后来呢？"

"上古时代的人们生活很悲惨，每个村庄都有孤儿，我就是其中一个，机缘巧合之下被宗派的师父捡了回去。见识了师父的强大之后，我一心想变强，拼了命学习法术，甚至不惜去关满凶兽和妖怪的蛮荒之地历练……"

午后的阳光透过玻璃窗照了进来，夏云梦双手托腮，认真听着人类和妖族互相争斗的故事。

在周稷平铺直叙的语调里，一桩久远的往事渐渐浮现出来。

2.

从蛮荒之地回来的时候，周稷灰头土脸，身上衣衫褴褛，像个历经沧桑的流浪汉。

历练之门缓缓开启，周稷走在队伍的最前头，第一个回到了阔别许久的宗派。

他的脚刚刚踩在温润松软的土地上，和煦的微风还未从发梢吹过去，迎面就撞上了一个鲜活灵动的白色身影。

苏薇猛地扑进了他的怀里，差点儿又把他扑回了蛮荒之地。少女柔软的身体带着沁人心脾的淡香，撒娇的声音略带哭腔："周稷！你这个大坏蛋！你终于回来了！呜呜呜……"

少女长发及腰，脸庞秀丽小巧，两只水灵灵的眼睛仿佛会说话一样。充沛的灵气萦绕在她身体周围，浓郁程度远远超过了周稷，足以看出她拥有极其高深的修为。

这个在修炼之道上远超周稷的少女名叫苏薇，和周稷一样是孤儿。两人小时候曾经一起在世间流浪，同时被宗派看上，带回了山里。

周稷一看见来人，苦笑了一下，下意识地回抱住了她，责怪道："我身上很脏，你快下来！"

"不要！"苏薇噘着嘴，把头埋在周稷的胸口，和他紧贴在一起。

"乖，这里人太多了，待会儿你师父又要罚你。"周稷拍拍她的背，好言劝解。

苏薇这才不情不愿地松开了他，姣好的脸庞带上了一丝羞涩和埋怨。她本来想把半年来杳无音信的周稷痛骂一顿，想了想又忍住了，换了个轻松的话题，问："你这次苦修的结果怎么样？"

人们将修炼分为七个等级，每个等级代表着修炼的境界。在进入蛮荒之地前，周稷一直是三级境界，并在此停留数年。他一直想突破这个瓶颈，让修炼更上一层楼，也就是俗称的"破境"。

周稷牵着她的手往回走，笑着说："现在是三级巅峰，再过不久就可以破境了。"

"太好了！恭喜你完成了目标！"苏薇高兴地拍手，"那我们下山去玩吧！"

"试炼大会就快开始了，你还有心思玩？"周稷挑眉。

"苏薇师姐，你好残忍！"身后跟上来一个年轻的小辈，一脸的哭丧表情，两只眼睛紧紧地盯着苏薇，不甘心地说，"听宗派的长辈们说，师姐两个月前就破境了，修为更上一层楼！你天资过人，轻轻松松就能破境升级，还说要下山去玩！这种行为真是令人发指、天理不容啊！"

苏薇不好意思地笑了一下，手立刻被人抓紧了，回头只见周稷讶异地看着她。

"你又提前破境了？"

苏薇吐了吐舌头，点了一下头。

"这样很好……"周稷说着，原本牵着苏薇的手放开了，心里有些不是滋味。

他和苏薇同时入门，在修炼之道上，苏薇天赋异禀，不知超过他多少。这么多年过去了，新入门的弟子一茬又一茬，周稷一直停留在三级，常年和师弟师妹们做伴，而苏薇早就坐上了宗派第一人的位置，离他越来越远了。

说来有些好笑，早些年他们在尘世间流浪，一直是周稷在保护苏薇，两人机缘巧合之下踏上了修炼之路，苏薇的天赋显露出来，原来她一直比周稷更加强大。

如果一直停留在现在的水平，他有什么能力去保护这个女孩呢？

苏薇立即察觉到了周稷的情绪，不悦地嘟起了嘴，主动去牵他的手，说："不要再想修炼的事了，你答应过我，出关之后就陪我下山去玩的！不许反悔哦！"

"小薇，没多久就要开试炼大会了，到时候百家宗门都会来，我们会遇到很多高手，你总得让我好好准备一下吧！"周稷说。

他没跟苏薇说一声，偷偷地申请了前往蛮荒之地苦修的名额，就是为了突破修炼的瓶颈，虽说过程还算顺利，短短半年时间就提升到了三级巅峰，但是稍一放松，恐怕就会落于人下。

苏薇越来越强，以后遇到的危险也会越来越多，如果他还在原地踏步，就连陪在她身边的资格都没有了。

苏薇眉头一皱，嘟囔着："可是你答应过我的……"

周稷只好哄她："等试炼大会结束了，我再陪你去玩。"

"我们大半年没见了，你都没写过信给我……"苏薇低下头，小声地说。

"我在蛮荒之地，怎么给你传递消息？"周稷很无奈，"那里到处都是被封印的凶兽和魔怪，不管做什么事都很危险，你不要使小性子为难我了好不好？"

苏薇不说话了，她甩开了周稷的手，把生气两个字写在了脸上。

在历练之门的附近，师兄弟们来来往往，把自家的人接了回去。周稷入门时间久，平时又和师兄弟们来往得少，再者，大家都知道苏薇会来接他，所以都没有特意过来。这会儿，除了苏薇，周稷没有其他能说话的人。他站在苏薇背后，看着她气鼓鼓的样子，一时拿她没办法，只得任由她去。

苏薇生了一会儿闷气，见周稷没有来哄自己的意思，快速抹了抹眼睛又回去了。

"你说的！"她冲呆愣的周稷努嘴，"试炼大会结束以后，你一定要抽时间陪我，不然我就……哼！"

周稷看她想开了，苦笑着答应："好！如果我能在试炼大会上取得好成绩，我就陪你下山玩。"

"这还差不多！"苏薇嘟嚷了一声，拉着他赶快走了。

回到宗派，周稷马上就开始闭关，认真总结在蛮荒之地经历的一切，期望能早日领悟其中奥妙，让修炼更上一层楼。

自从周稷回来以后，苏薇基本上告别了雷打不动的修炼课程，每天都抽出大量时间给周稷做各种好吃的。就算被师父和长辈们一再训斥，她也毫不悔改，一如既往。

不过，以她的天分，就算没有像普通弟子那样勤修苦练，要升级也是很轻松的事。再说了，苏薇的心思根本不在修炼一道上，她只想陪着周稷，帮他早

日破境。

　　和苏薇相比，周稷的那点儿天分实在不入流，他只能花费大量时间和精力，用勤奋来追赶进展神速的苏薇。

　　然而，很多时候，天赋的差距不是后天的努力可以弥补的。

　　周稷一回来就闭关了半个月，修炼却毫无进展。他已经摸到了破境的门槛，但总是缺少点儿什么，让他无法再进一步。

　　"不如先休息一下，反正这种事最后还是要看机缘，急是急不来的。"苏薇提着一篮糕点来看他，娇小的身躯趴在窗户上，双手托着下巴，专注地打量着在室内打坐的周稷。

　　"小薇，我不是让你不要来打扰我吗？"周稷的眼睛没有睁开，但一闻到空气中那股淡淡的迷迭花香，他就知道是苏薇来了。

　　"反正我每天都很无聊，来陪你不好吗？"苏薇问，"对了，我给你做的点心你怎么不吃啊？这些点心是我偷偷跟山下的百姓学的，可好吃了！你看，前几天的点心你都没怎么吃，放着要坏了。"

　　周稷终于睁开了眼睛，却没有看她，而是望向了远处的学堂和演武场。试炼大会时近百家宗门的弟子都会到场，届时将有非常激烈的比斗，所有人都在抓紧时间修炼，生怕一不小心就被同门超越，唯独苏薇还像个新入门的弟子，整天只顾着玩。

　　周稷知道她天资过人，得到了诸位长辈的赏识，但她这样不思进取，实在让周稷感到痛心。

　　不管是多么杰出的天赋，不专心修炼的话，迟早会浪费掉，那他们千辛万苦拜入山门的意义又何在呢？

　　"小薇！"周稷的眉头皱了起来，语气凌厉了几分，"你能不能成熟一点儿？你每天把大量时间花在我身上，对你有什么意义？在年轻一辈里，只有你一个女弟子修炼到了四级境界，你师父把你当宝贝哄着，恨不能把一身本事尽数传给你，你不趁机好好修炼，在百家宗门面前替我们宗派好好争一口气，实在太辜负大家的期望了！"

苏薇一愣，周稷很少用这么严肃的表情跟她说话，她一时有点儿反应不过来。

"你是在……责怪我吗？"她茫然地问，"我……辜负了你的期望？"

话音刚落，苏薇觉得心脏处隐隐作痛。她一直以为自己是周稷的骄傲，没想到她都这么厉害了，还是会被周稷数落。

"辜负我不重要，重要的是，你辜负了你师父和长辈们的期望。"周稷见她委屈，声音放软了几分，"你快回去吧！趁试炼大会还没有召开，好好修炼，争取拿个头名回来！"

苏薇撇撇嘴，失落地转过身，刚要走，又有些放心不下地看了一眼周稷，小声地说："那你……"

苏薇的话还没有说完，已经被周稷的眼神堵回去了。关在房间里的男人目光沉着，每个细微的表情都明明白白地告诉苏薇，他不想被儿女情长绊住脚，他追求的是更远大的目标。

苏薇只好把没说完的话咽了回去，转过头慢慢地走了。

周稷终于清静了几日。然而，破境的希望依然渺茫。他站在临门一脚的地方，回头望去，来路一片荆棘和血汗，抬头远眺，前方却是一片迷茫，找不到任何前进的方法。

苏薇被他撵走了，可谁知道，他奋力追赶，却迟迟追不上那个少女的背影。

　　苏薇也曾经在三级境界停留数年，等到周稷也进入了同一境界，那个时候的周稷心想，这回终于可以和她并肩站在一起了。

　　他没有留下只言片语就去了蛮荒之地，历经千辛万苦，就是为了能早日赶上苏薇的进度，结果他一回来就听说苏薇已经到达四级境界了。

　　天才毕竟是天才，无论他怎么努力，都没办法追上苏薇。

　　说没有挫败感是骗人的，周稷甚至嫉妒过无数同门师兄弟，暗暗发誓有朝一日要超越他们所有人。

　　事实却是如此残酷。

　　周稷握紧了拳头，他一定要想到突破的办法。

（二）秘境

3.

试炼大会逐渐临近，弟子们勤于修炼，晚归的人越来越多了。周稷没有和他们一起，而是一直在闭关。他正处于破境的关键期，任何一点儿小事都可能影响他的突破。

但精神亢奋的师兄弟们显然没有不要打扰他人的自觉，一边谈论着百家宗门的盛况，一边担心自己表现不好，一路都在叽叽喳喳，逼得坐在房里打坐的周稷不得不停止冥想。

"纪霄师兄怎么没回来？"一个声音在门外响起，"我还有事要向他请教呢！"

"纪师兄这几天都往苏师姐那边去了，据说两人在一起修炼呢！"有个人答，"不知道怎么回事，一向对修炼不上心的苏薇师姐突然认真起来了，纪师兄见她一个人待着很是寂寞，便去陪她了。"

"对哦！"先前那人像是想到了什么，一拍手掌，"在年轻一辈的弟子中，只有纪霄师兄和苏薇师姐修炼到了四级，他们俩一定有很多心得可以交流。"

"你们说话小声点儿！"有个压低了的声音响起，"不知道这是谁的房间吗？"

"啊？哦！咳咳……那各位师兄弟，我先回房了。"

"我也回房了，我看我还是明天再去找纪霄师兄吧。"

……

紧闭的房间里，周稷倏地睁开眼睛，看了一眼窗户外的光线。太阳还未完全落下，灿烂的晚霞将昏黄色的光投进来，在整洁干净的地板上铺上了一层金光。

苏薇带来的糕点还放在窗户下面，周稷辟谷多年，如果不是苏薇平日里爱吃这些东西，他是不会沾染普通食物的。

周稷站起来，走到窗户边，从篮子里拿出一块桂花糕。

松软的糕点散发出淡淡的香气。这个时节，哪里来的桂花？多半是那个小妮子千方百计弄来的。

他们年少时在世间流浪，从这个村庄到那个城镇，别人给什么就吃什么。苏薇爱吃甜食，可那个时候的周稷一贫如洗，怎么能让她如愿？要是能从别人的剩菜剩饭里捡回一两块完好的糕点，就能让苏薇很满足了。

回想起苏薇每次吃到糕点时的满足笑容，周稷的脸上不禁也浮现出了一丝淡淡的微笑。他将桂花糕放到嘴边，轻轻地咬了一口，然后推门出去。

纪霄和苏薇都是宗派里的名人，要找到他们并不难。年轻一辈中的两位天才，就连修炼的地方都和普通弟子有所区别。

周稷踏上千层塔外围的时候，正好看见纪霄从塔里走出来。

"周稷师兄？"在这个地方看见普通弟子，纪霄有些意外，不过他很快就反应过来，问，"你是来找苏薇的？"

周稷："她回去了？"

"刚走。"纪霄脸上还残留着尚未褪去的红晕，看见周稷时除了一开始有点儿意外，倒也没有太尴尬。

周稷抬头，坦然地和他相对。

整个宗派的人都知道，周稷和苏薇是同时入门的弟子，二人在尘世间就是青梅竹马，入门后也一直保持着异常亲密的关系，虽然没有捅破那层纸，但大多数人都知道，他们二人关系匪浅，绝不是简单的兄妹之情能概括的。

看到纪霄表情的那一刻，周稷突然想到了，这些年里，苏薇不断取得让人意外的成绩，而自己却渐渐沦为了平庸之人，在这些师兄弟的眼里，他已经配不上苏薇了吧？

既然大家都觉得他们二人不是般配的一对，原本可望而不可即的苏薇就变成谁都可以追求的对象了。所以纪霄看到他的时候，表情才会这么淡定。

周稷的目光变得幽深起来。

"既然她不在，那我就回去了。"周稷也不多话，朝纪霄点了下头便往来时的路走去。

"周稷师兄！"纪霄快走两步追了上来，和周稷并肩走在一起。除了天才的头衔，纪霄还是宗派里非常受欢迎的那类人，乐观开朗、热情聪敏，多得是想跟他结交的弟子。

今天，他像往常一般和周稷谈论起了修炼的事，甚至毫不避讳地提起了周稷遇到的瓶颈。

"我听苏薇说，周稷师兄正在为破境而烦忧。"纪霄说，"师兄参加了蛮荒之地的苦修吧？既然师兄是在蛮荒之地苦修到如今的境界的，我想，如果能回到那个地方继续修炼，说不定会对师兄破境有极大的帮助。"

周稷若有所思："回到那个地方？"

"蛮荒之地关押着自盘古天开辟地以来的极恶凶兽和魔怪，在那个地方生活，对修炼之人来说是一种极大的考验。师兄既然能在那个环境下坚持半年之久，说明只要时间足够，你一定能轻松破境。"

周稷当然知道这个道理，但他叹了口气，摇了摇头说："正是因为蛮荒之地太过险恶，所以必须有师长在一旁坐镇才不会出乱子。如今，苦修的课程已经结束，师长们不会允许我们再次进入那个危险的地方。"

"也对。"纪霄皱眉，又像是想起了什么似的，"不过，要是师兄能得到传说中的溯流镜就好了，那就可以回到当时的蛮荒之地，在那个地方加强修炼，或许就能一举破境。"

"溯流镜？"周稷第一次听说这个名字，不禁有些好奇，"那是什么东西？"

"据说是一面可以逆转时空的镜子，能探知未来、回到过去，无所不能。"纪霄说着，自己也笑了，坦白地说，"我听长辈们提起过，说宗派里有位先祖曾经得到过，还利用这面镜子穿越时空，弥补了生命中的一个遗憾。"

"弥补遗憾？"周稷的兴趣越发浓厚了，"他是怎么做到的？"

"据说那位先祖早些年专注修炼，没能见到母亲病逝前的最后一面。"纪霄摸了摸下巴，道，"他利用溯流镜回到过去，赶在母亲去世前回到了家乡，给老人家送终。后来先祖回到宗派，对弟子们说，这面溯流镜虽然具有能够扭转时空的强大力量，但耗费甚大，他禁止弟子们使用，还把溯流镜封印在了宗派的一处秘境里。"

"哦？那面镜子需要耗费什么东西？"

纪霄摇了摇头，道："这个……长辈们没有说，我猜应该是对人来说比较珍贵的东西吧，不然先祖何必禁止门生使用呢？"

周稷点了点头，表情若有所思。

"溯流镜……"他喃喃自语，"这么神奇的法宝真的在我们宗派？"

"是有这个说法，但我也不知道具体在何处。"纪霄感叹，"这么多年过去了，溯流镜一直被封印着，除了那位先祖，再没有人知道它的用法。无论它多么神秘强大，最后结局大约也只是被世人渐渐遗忘吧……"

本是一时兴起谈起这件事，说到最后，纪霄反而有些伤感了。他见周稷本来就心情抑郁，不便再打扰，就找了个理由告辞。

周稷目送他远去，来时的躁动情绪逐渐平复下来。听到其他人议论苏薇和纪霄的时候，周稷难免心绪烦闷，然而，即便他心里窝着一团火，也无从发泄——因为他们说的是事实。

他的能力停滞不前，苏薇却在不断进步，昔日相依为命的青梅竹马变成了两个世界的人，如何会不失落？怎么会不着急？

和纪霄碰面之后，周稷憋在心里的那股火总算渐渐平静了，这倒不是他看开了，而是他觉得自己终于找到了前进的方向。

周稷有了主意，也不再执着于见苏薇，转身回去了。

……

4.

故事说到这里，周稷突然停了下来，又一次陷入了沉思。

"后来呢？后来呢？"夏云梦忍不住催促。在听到"溯流镜"几个字的时候，她的一颗心立即悬了起来。

夏云梦曾经猜想过周稷和溯流镜的关系，但直到今天才知道，原来溯流镜是这样出现在周稷生命里的。

　　她是个单纯懵懂的女孩，一直没弄明白人类的感情是怎么回事，相比周稷和苏薇的关系，她更在乎那面神奇的溯流镜，忍不住催周稷继续讲下去。

　　可是，接下来发生的事，却是周稷最不想记起的。

　　"如果有重来一次的机会，我宁愿这辈子没有得到过溯流镜。"周稷的声音低了下来，语气里充满浓浓的困倦。

　　"为什么？"夏云梦问。

　　"因为我后悔了。"周稷的声音冷了下来，"因为溯流镜——就是我想挽回的错误。"

　　夏云梦睁大了眼睛。

　　周稷曾经说过，每个人在人世间都有牵挂和遗憾，他也一样。夏云梦见他每天都和溯流镜待在一起，还为了它收集人们的回忆，却怎么也没想到，原来对于周稷来说，他最遗憾和悔恨的一切都是因这面镜子而起。

　　"人都是愚蠢的，总要失去了才知道什么最珍贵。"周稷闭上眼睛，缓缓回忆数千年前的那个夜晚，"我听说溯流镜的事情之后，心里只想着，这面镜子就是我的机会。只要有了它，我一定能找到办法突破我在修炼上的瓶颈，所以，我当晚就去了藏书阁……"

　　周稷在藏书阁里待了一整夜。

　　他翻遍了宗派历年来的相关藏书，试图从故纸堆里找出蛛丝马迹。直到天微微亮的时候，功夫不负有心人，他终于查到了溯流镜的所在。

　　事情果然如纪霄所说，先祖曾经禁止门人使用溯流镜，将它封印之后，也没有给后人留下明确记载。

　　周稷花了好大工夫，找到那位先祖的生平记载，再和那段时间内的宗派大事件一一对比，最后从成千上万个秘境中找到了一个名字。

那处秘境就叫"镜"，所在的地方属于宗派禁地，禁止普通弟子进入。那里地处偏僻，人迹罕至，自那位先祖过世后，再也没有人使用过那个秘境。

周稷经过再三查证，确定了溯流镜就在这个秘境里。他长长地呼出一口气，放下古旧的书籍，推开了藏书阁的大门，站在高楼俯瞰整个宗派，心里升起一股久违的轻松、愉悦之感。

晨曦来临，早起的弟子三三两两来到了学堂和演武场。即便站在高高的藏书阁，周稷也能听见远处传来的读书声和习武声。

清风徐来，缓缓拂过周稷俊逸的面容和细碎的发梢。他收回目光，投向了苏薇所在的山峰。隔着重重山岚和云烟，他却仿佛能看到那个刚刚醒来的少女因为不愿意起床而嘟起嘴的样子。

苏薇一直都是这样，不管过的是什么样的日子，都能保持一颗最纯真的心。

这样的苏薇，周稷是很喜欢的。

下一次见面，我一定有资格站在你身边。周稷这样暗暗想着，脸上露出了一丝淡淡的笑容，然后他便离开了藏书阁。

他没有直接回房，而是掉头走向了另一条山路。

（三）叹息

5.

秘境在一处云雾缭绕的山谷内，除了禁地入口处有宗派先祖设下的结界，里面几乎没有人的踪迹。

结界存在的时间太过久远，再加上此地长时间没有人打理，整体防守不算森严，周稷使了个小手段就溜进来了。

他按照藏书阁的记载，直奔秘境所在地，沿途只惊动了一些几乎与世隔绝的飞禽走兽，仿佛步入了另一个世界。

"镜"的入口是一个山洞，洞口被茂盛的杂草和灌木遮盖得严严实实。周稷将入口清理出来，看到了里面的结界。

先祖设下的结界经过了几百年，一直没有人来修补，虽然威力强大，但也不是完全没办法突破。周稷将全部修为灌注掌心，贴在结界最脆弱的地方，猛地发力，将秘境轰出了一个口子。

周稷进入山洞，里头光线晦暗，怪石嶙峋，最前方却传出了一丝蓝幽幽的光。周稷小心翼翼地找到那处光源，发现山洞尽头竟是一个巨大的池子，里面装着一种罕见的泛着蓝光的水。池子表面布满了雾气，如云如烟，环绕着半空中的一面铜镜飘动。

那面巨大的镜子，就挂在池子上方。

周稷凑近了看，只见镜面一片浑浊，丝毫照不出任何事物的影子。他有些惊讶，同时也很激动，因为他隐隐感觉到，这就是那面传说中的溯流镜。

周稷试探了一下，发现镜子周围没有任何禁制，就站上了水池的边缘。周稷将镜子取下，低头一看，果然没有在镜子里看到自己的影子。不但如此，这面镜子还像装进了一条满是泥沙的河流，表面一片光滑，里面却浑浊不堪，仔细看还能看出泥沙的流动痕迹。

周稷摸了摸镜子的表面，没有发现什么异常，却也没发现有什么神奇之处。

就在这时，山洞里突然传来一阵低沉的嘶吼，并不强烈，却足够让人肝胆俱寒。

"吼——"第二声更强烈了，像是某种巨大的野兽苏醒过来，正准备外出觅食。

周稷的身体一阵晃动，随即他便发现，晃动的不是自己，而是脚下的水池！

他低头一看，只见蓝色的水雾里，有一个黑色的影子正慢慢站起来，体型甚至比蛮荒之地的野兽还要庞大。

周稷看了一眼就知道不妙，立即抱着溯流镜跳了下来，头也不回地冲出了山洞。

他脚步不停，抱着怀里的镜子直奔山谷入口。谷内开始地动山摇，天上乌云汇聚，一阵又一阵野兽的嘶吼传遍整个山谷。

周稷耳膜震动，胸口烦闷欲吐，忍不住回头看了一眼，这一眼让他心神俱动。

怪不得封印溯流镜的山洞没有专人把守，这么多年来却一直安然无事，原

来那位先祖在山洞里留下了一只守护兽！

这只野兽体型巨大，站起来的时候犹如一座小山，牙齿尖锐，嘴角还不断流着黏液。它的两只眼睛就像两个巨大的铜铃，紧紧地盯着周稷，光是吼叫声都能把人震得吐血。

这是一只接近五级巅峰的灵兽！

周稷的修为还没到四级，和它的差距太大，没办法硬碰硬，只能拼了命逃跑。

灵兽大怒，迈开四条短腿，把地面踩得像地震一样。一人一兽相继跑过山谷，沿途惊醒了无数飞鸟和爬虫。一般的灵兽只要一听到那阵恐怖的怒吼，都吓得龟缩成一团。

周稷头也不回地往身后放了几个法术，试图给紧追不舍的灵兽制造一些障碍，但全都无济于事。不过片刻，灵兽和他的距离越来越近，逐渐缩短到一爪就能将他撕碎的程度。

周稷心里猛然一跳，闻到了空气里传来的腥味。他急忙停下飞奔的脚步，循着本能往旁边一闪，滚进了路边的丛林。

那只灵兽见一击不中，顿时又吼了一声。那个偷东西的小贼就在它身边，它只要一爪子就能将人抓回来吃了。

灵兽弓起身子，两只铜铃般大小的黄色眼睛紧紧盯着周稷的身影，准备发力扑过去。

正在这时，灵兽感觉到背上被什么东西划破了，锥心刺骨地疼。

"大个子，你要吃人，得先问问我的意见！"

一个银铃般的声音在山谷内响起。

周稷正顾着逃跑，听到这个声音，猛地站住了。他难以置信地回头，和愤怒的灵兽一起看向了不知何时出现在禁地的少女。

　　苏薇一袭白色衣衫，右手执一条细长的银鞭，正从空中缓缓下落。她看了一眼望过来的周稷，脸带微怒，娇嗔道："大笨蛋，还不快走！"

　　"小薇！"周稷喊了一声，他不知道为什么苏薇会出现在这里，但他知道苏薇只有四级境界，和五级巅峰的灵兽对抗，几乎没有胜算。

　　灵兽听到周稷的声音，又把注意力放回了他身上，龇牙咧嘴地要扑过来。

　　苏薇见状，连忙默念咒语，同时挥动手里的银鞭。

　　苏薇修花道，本命花是迷迭香。在她的调动下，山谷内的无数花瓣纷纷脱离枝叶，尽数飞向了自己。

　　无数花瓣在空中飞舞、旋转，形成了一条长长的鞭子。鲜花组成的鞭子环绕住灵兽的身体，束缚了它的行动。

　　灵兽发现自己动弹不得，不禁朝苏薇发出了愤怒的吼叫。

　　苏薇身体一晃，定睛一看，周稷还站在原地，不由得着急起来。

　　"这里有我挡着，你快走啊！"她大喊。

　　周稷眼也不眨地盯着半空中的少女，心怦怦直跳。苏薇特意来救他，可是，单凭她一个人的力量制伏不了这只灵兽！

　　周稷担心不已，一边朝苏薇跑去，一边挥手喊道："小薇，不要管我，快走！"

　　苏薇正努力束缚着灵兽巨大的身体，听到周稷的声音，不禁低头一看，发现这个笨蛋竟然还向自己跑来，顿时气得不行。

　　"你不要过来……啊！"苏薇一句话还没说完，突然被一股巨大的力量推开了。她的身体宛如断了线的风筝，急速朝不远处坠落。

　　"小薇——"周稷发出一声呐喊，整个人下意识地飞了出去，总算在苏薇

梦中的迷迭香

落地前抓住了她。

周稷一手抓着苏薇的胳膊，一手抓着溯流镜，过于强烈的冲击让两人重重地倒在了地上。苏薇按住胸口，扭头往地上吐了一口血，周稷一脸震惊地看着她。

苏薇对上他略带恐惧的视线，脸色苍白地笑了一下，撑起身子朝前面看去。只见那头灵兽已经完全挣脱了束缚，正发疯似的朝两人冲过来。即便隔得很远，他们也能闻到空气里那股浓浓的腥味。

灵兽张开血盆大口，利齿间不断滴下代表饥饿的口水，将地上的花草都毒死了。

"你真的惹到它了。"苏薇轻声说，随后站起身来，一把推开了想要拉住她的周稷，说，"不要逞强了，我现在比你厉害，该轮到我来保护你了。"

"不行，你打不过它，跟我走！"周稷向前一步，想去拉苏薇的手，没想到扑了个空。

苏薇已经朝癫狂的灵兽迎上去了。

"大个子，有本事来抓我呀！"她朝灵兽喊了一声，再次使出银鞭，一鞭子甩了过去。

暴躁的灵兽双眼泛红，两只大眼睛越发可怕。它牢牢地盯着眼前那个跳动的身影，挥爪便抓住了那根细长的鞭子，用力一扯，将苏薇丢了出去。

"小薇——"周稷丢下一直抓在手里的溯流镜，朝苏薇跑了过去。

灵兽听到声音，怒吼一声，张开血盆大口扑向了周稷。又臭又腥的口水滴在草地上，地面上顿时冒起了阵阵青烟。

周稷本能地停下脚步，抬头只见灵兽的利齿近在眼前。就在灵兽正要将周稷一口吞下的时候，它的身体不知被什么牵绊住了，竟然僵在了半空中。

周稷急忙后退，看见苏薇不知什么时候又起来了，正用全身灵力困住了灵兽。

她悬在半空中，眼睛紧闭，额头渗出了汗水。一阵强光从她体内散发出来，浓郁的灵气不断朝周围溢出。苏薇被这道光芒笼罩，整个人宛如一朵绽放的花儿。

那是……

周稷呼吸凝滞，他看出来了，苏薇是在用全身的灵力和灵兽硬拼。

"小薇！"周稷再也顾不上其他，掌心聚起一团灵力拍向了灵兽。

灵兽被一股强大的灵力钳制住身体，身上又吃痛，不住地嚎叫起来。

苏薇额头上的汗珠越来越大颗，脸色渐渐转为苍白，她睁开眼睛看了周稷一眼，咬着牙道："快走……"

"你跟我一起走！"周稷喊。

他后悔了，他后悔来了这个秘境，后悔拿走了溯流镜，后悔惊动了溯流镜的守护兽……如果时间可以重来，他一定不会来这里！

只要他不来，苏薇就不会出现，也不会陷入这样的险境！

"走！"苏薇大喊一声，身上的强光猛地炸开，一股无比强烈的力量将周围的一切都弹开了。

"小薇——"周稷的瞳孔瞬间放大了，在这一刻，世上所有的东西都离他远去了，只剩苏薇占据了他全部的视线。

然而，就在他眼睁睁看着的时候，那个活泼灵动的少女宛如一朵转眼凋谢的花，身体完全被灵力炸开，化作了无数花瓣，消散在空气中。

周稷被强烈的冲击震晕了，昏迷过去的那一刻，留在他脑海里的便是这个景象，很快，一片黑暗吞没了他。

肆

梦中的迷迭香

　　他脑袋昏昏沉沉的，过了好一会儿才缓缓睁开眼睛。他发现自己依然站在这个山明水秀的山谷里。那只追着他不放的灵兽倒在了地上，身体流血不止，奄奄一息。

　　周稷转了几圈，看见溯流镜被丢在不远处的地上，除此之外，什么都没有了。

　　"小薇？"他焦急地喊了起来，"小薇！你在哪儿？"

　　"别喊了，我在这里呢。"一个熟悉的声音在他背后响起。

　　周稷惊喜地回头，果然看见苏薇就站在自己身后，脸上笑吟吟的，毫发无伤。

　　"小薇！"周稷高兴地朝她扑了过来，却没想到扑了个空。

　　苏薇来不及躲闪，就这么从周稷的身体里穿了过去。

　　周稷缓缓转过僵硬的身体，脸色苍白如纸，惊惧不安的视线不停地在苏薇身上打量。

　　直到这时他才发现，苏薇的身体是透明的。

　　"小薇……"周稷盯着苏薇的眼睛，浑身如坠冰窖，就连指尖都凉透了，动一动都无比困难。

　　苏薇还是那样笑着看向他。

　　"你这个大笨蛋，以后不要这么笨了。"苏薇脸上露出不悦的神色，嘟囔着说，"为什么要一个人来这么危险的地方？我今天早上去找你，想告诉你我已经达到四级巅峰了。你不是一直希望我进步吗？听到这个消息，你一定会高兴的，可是我找了好久都没找到你……"

　　"小薇……"周稷朝她伸出手，想阻止她再说下去。

　　"我问了好多人，才知道你往禁地来了。"苏薇叹气，"这里好危险的，你怎么一声不吭地又跑来了呢？我知道，你这次来这里肯定也是为了修炼的事情吧！在你心里，修炼总是最重要的……"

苏薇说着，眼神暗淡下去，有些委屈地咬住了下唇。

周稷的眼泪几乎涌出了眼眶，他试着去拉苏薇的手，可一次次都落了空。

"你个性要强，总想着要超过别人，一直把修炼放在第一位，这些我都知道。可是……以后不要这么笨了！"苏薇嘟起了嘴，轻声说，"如果……如果以后有小姑娘对你好，不管你是不是比别人强，她都是喜欢的。"

她的声音低了下去，头也低了下去。就这么一会儿的工夫，苏薇的身体变得越来越透明，只要风一吹，马上就会消散。

"小薇！"周稷几乎是怒吼出声，声音嘶哑又用力，"你不要走！"

"来不及了……"苏薇倍感遗憾，她看着周稷，似乎想说什么又不忍心让周稷痛苦，但最后，还是那点儿不舍占了上风。

她想告诉周稷，这么多年来藏在她心里的话。

"和你一起入门的时候，我很开心，但不是因为可以跟着师父们修炼法术。"苏薇一动不动地凝视着周稷，轻声说，"我的心愿很小，只要有人收留，我就很开心了。周稷哥哥，我知道你为什么想变强，因为我们小时候受到太多人的欺负了。但我从来没有想要变得多强，你会不会嫌弃我没有志向？可是，对我来说，不管过什么日子，只要两个人在一起，我就很开心了，我真的很喜欢和你在一起啊……"

一阵风吹来，苏薇原本就透明的身体仿佛沙画一样在周稷眼前慢慢消散。

"不！"周稷拼命去抓、去抱、去捞，不管用什么方法，他只想让苏薇留下来。

然而，苏薇的身体化作了一阵风，就这样冰冷无情地从他指尖消失了。

"我不能再陪着你了，以后你一个人要好好的……"一滴眼泪从苏薇眼角滑落，她只来得及说出这句话，整个人就完全消失了。

"啊——"周稷仰起头，朝天空发出了一阵凄厉的怒吼。

极致的痛苦从心脏传遍全身，翻涌的血液冲到了喉咙口，周稷弯腰吐出一口腥甜的血，身体一晃，倒了下去，彻底陷入了昏迷。

在昏昏沉沉的梦里，周稷回到了第一天见到苏薇的时候。那个时候的他们，个子都是小小的，只有一个单纯的愿望：活下去。

两人手牵手从一条条或肮脏或繁华的街道走过，每一天都很辛苦，却又很快乐。

苏薇看着这个从陌生到熟悉的哥哥，脸上的笑容越来越多。

世界这么大，可是只要在这个人身边，她就什么都不怕。

那时候的日子，多么让人怀念。

周稷在梦里重新活了一次，他牵着苏薇的手，把他们曾经经历过的每一天都经历了一遍，直到眼角溢出了一滴泪水。

如果时间停止在昨天，苏薇就不会消失了。

周稷在梦里一遍遍呼唤苏薇的名字，不断祈祷上天再给他一次重来的机会。他昏迷着，所以没有注意，不远处的溯流镜突然泛起了一道橘黄色的光芒。镜子里的那条河流动了一下，像是无数粒沙子被风翻动了，毫无规律地流动。

突然，镜子里的河流不动了，天上的云也不动了，树木、花草、动物……山谷里的一切都静止了，时间仿佛真的停留在了这一刻。

……

6.

不知昏睡了怎样漫长的时间，周稷重新睁开眼睛的时候，发现自己处在一个完全陌生的地方。他怀抱着溯流镜，旁若无人地睡在野外，直到经过的人们将他惊醒。

周稷看着那些打扮完全陌生的人，用了很长时间才从那个久远的梦里醒过来。从人们的口中得知，他所处的时代距离现在已经几千年了，当年的人被现在的百姓称为神明。现在的人们寿命很短，平时也不修炼法术，他们制造了各种各样的工具，把城市建造得更加繁华。

周稷是唯一一个活下来的上古人类。

一觉醒来，时间竟然过去了这么多年。

周稷一开始有些茫然，他抚摸着溯流镜光滑的镜面，想了很久，终于想明白了这面镜子的神奇之处。

原来，这面镜子的力量来源于"记忆"。

溯流镜吸收了周稷过往一生的记忆，将他封印在了过去的时间里。既然如此，他是不是能用记忆去推动溯流镜的时光长河，像那位先祖一样，回到过去挽回自己的错误？

可是，要跨越数千年的时光，谈何容易？单凭一个人的力量是绝对做不到的，他需要很多人的记忆。

想到这里，周稷的眼睛逐渐清明起来，他知道该怎么做了。

……

不久之后，世界上出现了一家迷迭香记忆馆。据说，凡是踏进馆中的人，都能从这里买到任何想要的记忆，也能剥离任何不想要的记忆。

只要付出相应的代价。

这，就是记忆馆的由来。

"这就是我的故事。"周稷说完，仰头喝完早就凉透了的茶水，望着逐渐落下的太阳，沉默了很久。

这是他第一次对外人说起自己的过去。如他所料，不管过去了多少年，只要想到那个人，想到那天发生的事，心还是会痛。

夏云梦望着他落寞的身影，终于明白了他为什么对溯流镜这么执着。

那是他一生中最大的遗憾，也是他唯一的希望。

不知不觉间，窗外的天色变暗了，店门口的风灯亮了起来，橘黄色的灯光暖洋洋的，照亮了通往现实世界的道路。门口传来了熟悉的脚步声，有些迟疑，又像是鼓足了勇气。很快，这扇小小的店门就会被推开，新的客人即将出现。

迷迭香记忆馆就这样永不停歇地运营下去。

周稷每天都会接触到许许多多和他一样的人，他们伤心难过、遗憾悔恨，最后都将记忆奉献给了溯流镜。

他守着这家记忆馆，带着对苏薇的怀念，锲而不舍地走下去。溯流镜给了他第二次机会，不管要等多久，他都不会放弃。

一想到还有机会再见到心里的那个人，他就觉得每一天都充满了希望。

就像迷迭香记忆馆能帮客人们解开心结那样，周稷相信，所有心愿到最后都会一一实现。

都会。

男神职业大比拼，
总有一款适合你！

原创手办原型师 **VS**
米其林蛋糕师 **VS**
电视节目导演

轻氧系时尚达人 **松小果** & "巧克力文学掌门人" **巧乐吱**

打造不一样的职业男神拼拼看！

1号男神 原型师 顾麦克
《缪斯公主绘心殿》 松小果

拥有天才一般的头脑，计算机专业毕业的大神，可以非常轻松地写出各种复杂的代码。外表是个帅气的冷帅哥，私下里却是个手办控。因为挑剔严谨的性格经常自己亲手制作手办，是个低调却在网络颇具名气的"原型师"。

2号男神 米其林蛋糕师 韩承宇
《初恋星光抹茶系》 巧乐吱

身份神秘的私家咖啡屋"one"店主。
性格有些孤僻。明明是在国外留学，偏偏对甜点情有独钟，在米其林星级餐厅帮过厨，后来还成为米其林星级餐厅的特约监察员，吃遍了欧洲所有的甜品。明明在国外有更好的发展机会，却选择回国开了家小小的"one"咖啡屋。虽然咖啡屋主打咖啡，但是会随心情限量做甜点，可遇而不可求的优势让他的甜点迅速成了口碑最高的美食，限量的手工定制甜品让"one"名声大噪。

3号男神 电视节目导演 徐晚乔
《轻樱团夏日奇缘》 松小果

他在所有人面前都是温润如玉的君子，如清风般让人觉得舒服，只有在青梅竹马的许轻樱面前，他才是那个有些凌乱、食量惊人甚至会说脏话的平凡男生。许轻樱的梦想是进入演艺圈，而他的梦想就是能一直陪在她身边，所以他选择了编导专业，想成为一名影视导演，在能看到她的地方一直守护着她。

男神有千万款，职业也有千万种，满足你的各种浪漫幻想，尽在松小果和巧乐吱的甜蜜新书之中！

美少年天团"告白"来袭！

艾可乐独家奉献　超甜蜜的校园魔幻爱情

《真的喜欢你哟》

【内容简介】

琉璃学院鼎鼎大名的校花月梨奈，真实身份竟然是破产户的女儿？

老爸跑路，别墅被收走，她还意外被一名相貌"可怕"的神秘少年艾伦·梵卓纠缠！

唯一能求助的青梅竹马司徒又是个控制狂，跟人气偶像郑南彬组成她超讨厌的"毒舌"二人组！

不管啦！哪怕沦落到住阁楼，梨奈也只想一个人安静打工找老爸！

可谁想到她被迫收留的神秘少年艾伦，竟然一夜变成绝世美少年！

花痴成群，麻烦不断，傲慢的竹马王子察觉到危机，还跑来向她表白！

艾伦醋意满天飞，宿敌大小姐李兰熙也不甘心跳出来捣乱！

什么？你看我不顺眼是因为我抢了你的意中人？可是大小姐，你的意中人到底是哪位啊？

年度心跳蜜恋特辑！艾可乐独家酿制的异类爱情即将唯美上演！

极晶校花一夜变破产千金

神秘冷傲的血族亲王＆毒舌别扭的青梅竹马热辣出击！

告白语：月梨奈，我是真的真的喜欢你哟！

超人气软萌少女茶茶　巨献轻氧系浪漫故事

《精灵王子的时光舞步》

【内容简介】

回乡下探望爷爷的途中被古老森林里的精灵恐吓，想办舞会又听说学校阁楼里有"幽灵"出现，千寻雪这段时间遇到的怪事可真多！

千寻雪不信邪，拉着姐姐大闹阁楼，逮住"吸血鬼"少年白洛西和会说话的蝙蝠一休，还和他们一起成立了薄荷社团。

等等，为何这个老捉弄她的坏蛋白洛西靠近她时，她的心会"怦怦"地乱跳？

她还没弄明白这颗心是不是被他偷走了，观察白洛西很久的大小姐苏纱却跳出来揭穿了白洛西的身份！

一时间，千寻雪沉浸在被欺骗的愤怒中。当她怒气冲冲地想弄清楚真相时，苏纱却失去了消息，白洛西也诡异地被绑架了。

什么？他真的不是吸血鬼？他身上还带着天大的秘密？还有一个想要他性命的大仇人？

不管了，白洛西，无论你是谁，我历经万难也要找到你！

我赖上你了！

欢快俏皮少女"赖上"古老精灵，将神秘美少年"坑蒙拐骗"抱回家！

告白语：我是属于森林的精灵，只要你在等我，我就不会消失，无论现在，还是未来。